STEPHAN RENAL

I0680152

LETTRES

SUR

LE SALON DE 1875

Extrait de l'ÉLECTEUR DU FINISTÈRE

BREST

J. B. ET A. LEFOURNIER, LIBRAIRES-ÉDITEURS

86 — GRAND'RUE — 86

1875

V

LETTRES

SUR

LE SALON DE 1875

DU MÊME AUTEUR

REFLETS DE TABLEAUX CONNUS, 1 vol. in-18. — Brest,
Lefournier.

STEPHAN RENAL

LETTRES

SUR

LE SALON DE 1875

Extrait de l'Électeur du Finistère

BREST

J. B. ET A. LEFOURNIER, LIBRAIRES-ÉDITEURS

86 — GRAND'RUE — 86

1875

LETTRES

SUR LE SALON DE 1875

A Eugène Bellamy

—

I

Paris, 2 Mai.

Quand on écrit dans le but de ne rien dire ou
de dire des riens, traiter de la pluie et du beau
temps me paraît être d'un usage assez répandu.
Hé bien, cher ami, je veux aussi, moi, vous parler
du temps, mais c'est avec une intention toute
différente. Sur le point d'aborder un sujet qui
vous intéresse, et vous soupçonnant d'avoir remar-
qué combien, dans leurs rapports avec certains
agents atmosphériques, les natures nerveuses sont
faciles aux fantasques évolutions, je veux mettre

1

votre sagesse en mesure de sonder les impressions qui vont suivre, en vous disant tout d'abord sous quelles influences elles se sont formées.

Après quinze jours environ d'un soleil d'avril, qui plein d'accortise au début, avait fini par convertir ses caresses en morsures, Mai nous est arrivé traînant après lui une de ces touffeurs orageuses où, énervé, haletant, plein d'angoisses, on s'en va cherchant en vain la bouffée d'air vivifiante. Comme je me rendais au palais des Champs-Elysées, des nuées épaisses balançaient sur nos têtes leur flanc chargé d'eau. On les voyait s'arrêter indécises, puis au grand désappointement de Paris qui tout entier avait le nez en l'air, elles s'éloignaient avec une désespérante ironie, emportant cette goutte de pluie si ardemment désirée qui, hélas ! ne tombe jamais à notre heure. — Il était assez tard quand je suis entré à l'Exposition, néanmoins la grande salle n'avait ni son affluence ni son aspect habituels. On n'y voyait que des mortels consternés. Face écarlate, tenant d'une main un chapeau, de l'autre un mouchoir, ils s'épongeaient consciencieusement le front et, levant les coudes, ils se détiraient comme pour écarter de leur corps des habits imprégnés d'une humidité chaude. On fondait littéralement sur place. Entre gens qui s'abordaient, un échange d'interjections et d'onomatopées, relatives à cette température d'étuve, témoignait d'une détresse commune et remplaçait les formules de politesse accoutumées. Enfin la poussière fine, impalpable, pénétrante comme le tabac jaune des moines d'Espagne, soulevée par la *traîne* des élégantes, restait suspendue dans l'espace, y formant un vague brouillard au travers duquel les peintures apparaissaient comme estompées.

Voilà donc les conditions fastidieuses qui ont présidé à ma première visite au *Salon* le 30 avril, jour exclusivement réservé aux peintres exposants, — si bien que ce *tout Paris* privilégié, si avide de prémices, s'était donné rendez-vous au Palais de l'Industrie. — Néanmoins, en dépit d'une extrême lassitude dont je me ressens encore à l'heure où je commence à vous écrire, je me suis avisé de prendre un vif intérêt à l'Exposition de 1875. Les œuvres d'élite y sont rares à coup sûr, mais en revanche je puis vous affirmer que pour y rencontrer le talent il n'est besoin d'aucun effort. Je ne sache pas une seule salle — et elles sont nombreuses — où il se soit abstenu de se manifester. Je dois pourtant vous déclarer que le talent dont je parle ici, le plus commun à cette époque, c'est le talent d'exécution, l'habileté, l'adresse de la main associées à une certaine dose d'intelligence; mais l'élévation de la pensée, l'inspiration, la passion, l'âme enfin, se font de plus en plus rares à

nos expositions annuelles. Malgré tout, le présent
Salon reste à un bon niveau ; aussi certains noms,
presque ignorés aujourd'hui, pourraient bien de-
venir sinon célèbres, du moins très-connus avant
quelques jours. Tels autres, qui s'obstinaient autrefois à forcer le regard des visiteurs par des exagérations et des excentricités d'un goût équivoque,
s'avancent désormais d'un pas plus régulier et plus
ferme sur ce chemin de Damas où les vrais tem-
péraments d'artistes rencontrent toujours cette
langue de feu de l'initiation qui, à notre époque
d'engouement pour les tableaux, ne peut manquer de les conduire à la fortune sinon à la gloire.
— Quelques *jeunes*, pour me servir du mot à la
mode, feront cette année parler d'eux plus que
leurs devanciers : il faut dire pourtant que si l'on
note des *témérités* heureuses chez les nouveaux,
on compte chez les peintres déjà célèbres beaucoup plus d'abstentions que de défaillances.

Parmi les victorieux du jour, on peut d'emblée
écrire le nom de M. Georges Becker. — M. Georges
Becker n'est assurément pas un inconnu pour les
artistes, mais le public ne se souvient guère d'un
tableau exposé au Salon de 1872 sous ce titre :
La veuve du martyr. Ce tableau, très-remarquable
en dépit d'une certaine sécheresse de style, n'avait
ni dans la couleur ni dans la composition rien qui
annonçât la superbe page qu'on admire aujour-

d'hui. — C'est au *Livre des Rois* que M. Becker a demandé l'inspiration. L'épisode qu'il a choisi est ainsi désigné au livret : *Respha protége les corps de ses fils contre les oiseaux de proie.*

Au temps où les méfaits des souverains s'expiaient dans leur postérité à travers les générations — ce qui, paraît-il, ne les rendait ni plus soucieux de la justice ni plus ménagers de la vie humaine — une famine ayant duré trois ans, l'oracle du Seigneur déclara à David que le meurtre des Gabaonites par Saül et les siens était la cause de cette calamité. David dit alors aux Gabaonites épargnés : — Est-il une réparation qui vous puisse être offerte ? Ils répondirent : — Qu'on nous donne au moins sept des enfants de Saül, et nous les mettrons en croix pour satisfaire le Seigneur. David prit les deux fils que Respha avait eus de Saül, puis les cinq fils d'une fille de Saül et les livra aux Gabaonites qui les crucifièrent. Respha, du commencement à la fin de la moisson, resta près des cadavres pour en écarter les oiseaux de proie.

Divers épisodes de ce genre vous montreraient, si vous l'ignoriez, que Rama n'est point la seule cité biblique où se soit fait entendre le *grand cri* des douleurs et des désespoirs maternels. Mais passons. Voici quel parti M. Becker a su tirer de la terrible aventure. — Le paysage est sinistre, étroit, sans profondeur. C'est, au premier plan, le sommet d'une colline, terrain maudit dont quelques roches grises et tigrées de noir, comme le pelage des hyènes, crèvent la croûte aride. Au-delà de cette éminence, les tranches rougeâtres d'un sol tourmenté se succèdent vers un horizon bas qu'une bande de lumière mince comme un glaive sépare du ciel. Des nuées épaisses, lourdes, fuligineuses, qu'on dirait vomies par un de ces cratères dont, suivant les légendes orientales, les fils de Tubal - Caïn fourgonnent au centre du monde les entrailles embrasées, occupent la partie supérieure du tableau. C'est sur ce fond ténébreux que se détachent, dressés entre les rocs du premier plan, deux énormes madriers, grossièrement équarris, dont une solide traverse joint les sommets. Des insignes militaires, des enseignes, boucliers, glaives, piques et lances fourchues, disposés en trophée, couronnent cette colossale potence où, garrottés par les poignets sur la traverse, pendent rangés côte à côte entre les montants les malheureux fils de Saül. Ils sont là sept cadavres. Quelques-uns ont cette gracilité, ces formes délicates, efféminées de l'éphèbe auquel une origine royale avait fait jusqu'alors une vie de mollesse et d'oisiveté. D'autres sont jeunes aussi, mais virils d'aspect, et l'un de ces derniers, plus fortement marqué au type de sa race, porte une barbe taillée en

pointe, épaisse, crépue et d'un noir bleu. Ils ont
tous le front ceint et la chevelure retenue par des
bandeaux verts, blancs ou violets. Leur cou a conservé des colliers d'or ou d'ambre et des sachets
en cuir brodé, peut-être des talismans qui devaient
conjurer le mauvais sort et qui ont trahi la tendresse confiante d'une mère ou d'une épouse. Des
ceintures étroites, jaunes, blanches et bleues cei-
gnent les reins des plus âgés. Les uns se présentent de face ; ils pendent droits, raidis par la mort,
les orbites larges et pleines de ténèbres, la poitrine
saillante, le ventre déprimé. Il semble que la vie
les ait quittés sans cruel arrachement. D'autres au
contraire accusent les tortures et les dernières
luttes de l'agonie. Celui-ci, dont les attaches se
sont rompues, ne tient plus à la traverse que par
un seul poignet. Balancé au vent du soir, sa face
livide vient dans un sinistre embrassement s'a-
battre sur le sein du frère qui l'avoisine. Les liens
d'un autre se sont seulement relâchés et son visage
disparaît derrière son compagnon d'infortune. Un
troisième qui s'est débattu sous l'étreinte de quelque suprême tétanos, dresse en l'air un bras tordu,
et de sa tête à la nuque renversée on n'aperçoit
que le menton. Un dernier enfin, la face abattue
et la barbe aplatie sur la poitrine, paraît suivre
d'un œil atone la gardienne vigilante et farouche,
la grande désolée, Respha, qui se meut sinistre au

pied du gibet, et qui n'ayant pu sauver ses fils, les
défend jusque dans la mort. — Elle est là debout,
pareille dans son altière et forte stature aux caria-
tides qui soutiennent l'entablement des édifices.
Elle aussi porte sans fléchir un lourd fardeau : sa
douleur. Elle est là, hagarde, front orageux, œil
fulgurant, bouche pleine de clameurs sauvages et
menaçantes. Une trique noueuse à la main droite,
le bras gauche levé, elle repousse l'attaque d'un
aigle énorme. La brusquerie, la violence de ses
mouvements, aussi bien que les souffles nocturnes,
soulèvent et font flotter au-dessus de sa tête,
comme un nuage violet, les pans d'une large
écharpe qui ceint à la taille sa tunique d'un jaune
fauve. A chacun de ses mouvements, d'épais cer-
cles d'or oscillent à ses oreilles et lui battent les
joues. La lutte est acharnée. Son tenace et furieux
agresseur la harcèle, la presse, la fouette de son
aile à la puissante envergure, et l'œil injecté,
féroce, le bec menaçant, les serres ouvertes et con-
tractées, tenailles vivantes, implacables, qui s'ap-
prêtent à lui déchirer la poitrine, il répond à ses cris
de mère affolée par les glatissements de rage de la
bête sanguinaire à laquelle on arrache une proie.

C'est vraiment là un motif traité avec énergie,
l'intérêt s'y attache et atténue quelque peu l'hor-
reur de ce gibet où des créatures humaines sont
suspendues comme à l'étal d'un boucher.

Cette composition de M. Becker est courageuse, puissante et habile. Le visage, le geste, l'allure générale de la juive sont empreints d'une majesté sombre, d'une sauvage grandeur. Elle est à la fois élégante et forte : ses membres, comme ceux des races d'élite, unissent la finesse à la vigueur ; on le sent à cette main qui tient une arme de hasard et à ce pied qui, fait pour traîner une sandale sur les carreaux de marbre d'un palais, écrase actuellement avec une solidité fière les âpres rochers que domine l'arbre de mort. — Je touche à la partie délicate de la composition, celle qui n'a pas dû être abordée sans défiance. Un pareil nombre de figures crucifiées à la file et de la même façon, prêtait fort à la monotonie, je dirai plus, au ridicule. Aussi ce point de la toile est à n'en pas douter celui où il a été dépensé le plus de science, de précautions et d'habileté. Le parallélisme des lignes et des contours y est rompu avec beaucoup d'adresse, et pour peu qu'on s'avise d'étudier le dessin serré, l'élégance des formes, le modelé savant des divers ensembles, on s'aperçoit bientôt que la pénible impression du premier aspect vient de faire place à un sentiment bien autrement flatteur pour l'artiste.

Je ne puis m'empêcher de terminer ce compte-rendu par quelques lignes qui me tombent sous les yeux au moment même où je réunis pour

1*

vous les adresser ces pages écrites à différentes heures. M. Laurent-Pichat, parlant du tableau de M. Becker, écrit dans le *Phare de la Loire :* — « Toute cette histoire est peut-être la nôtre ; et si » l'on pénètre sous l'Apocalypse de ce pinceau, » la Respha, cette mère qui n'a plus qu'un bâton » pour défendre ses enfants, ne pourrait-elle pas » être la France qui veille jour et nuit pour écarter » l'aigle ? »

II

Paris, 5 Mai.

M. Gustave Doré, le fécond, l'infatigable producteur, expose cette année, non pas seulement la plus vaste toile du Salon, mais encore deux autres tableaux de dimensions fort respectables. M. Doré est le Briaré de la peinture. Il a cent bras : on ne saurait expliquer autrement son travail prodigieux. Et quand on songe que la spontanéité de conception et le cœur à la tâche, si fidèles à son crayon dès qu'il s'agit d'illustrer le premier in-folio venu, le serait également à son pinceau s'il avait à décorer même la grande muraille de la Chine! Car il ne faudrait pas qu'à la suite d'une gageure fanfaronne on le mît au pied de ce mur : incontinent il jouerait de la brosse, et la confiance de ses amis en sa réussite serait si ferme que très-volontiers ils s'intéresseraient dans son jeu. Allons! de longtemps encore ses détracteurs ne verront hésiter ni sa verve ni sa vaillance. — Aujourd'hui il nous montre tout simplement le septième cercle de la cité *dolente*, qu'il visita il y a quelques années sur les pas du Dante ; mais son front à lui n'a pas, que nous sachions, conservé de ce voyage le sinistre reflet verdâtre dont s'inquiétaient les enfants de Ravenne quand, voyant passer le vieux Gibelin, ils s'écriaient : — Voilà celui qui revient de l'enfer! — Dans un crépuscule livide nous apparaît tout d'abord un pêle-mêle inextricable de corps humains en proie aux reptiles. Criblés de cuisantes morsures, souillés par la bave visqueuse et fétide des hideuses bêtes à la langue fourchue, étreints, étouffés, broyés dans les spirales de quelque formidable enlacement, tous ces maudits se tordent, se roulent, se débattent, se disloquent, et vous ne sauriez imaginer les grimaçantes expressions, les extravagantes attitudes, les contorsions imprévues et les efforts surhumains auxquels se peuvent livrer nos tristes formes charnelles sous l'empire du dégoût, de l'épouvante et de la douleur. Le nombre de personnages que l'artiste a jetés sur cette toile est stupéfiant. Ce sont des multitudes à

donner le vertige, qui couvrent des escarpements
rougis par la lueur des brasiers infernaux, qui
s'engouffrent dans des profondeurs ténébreuses,
qui se perdent dans des lointains infinis. Certaines
figures du premier plan, de taille naturelle, voire
extra-naturelle, sont évidemment inachevées, çà
et là quelques incorrections accusent la fougue et
les fiévreuses impatiences du peintre ; mais pour
quelques détails strapassés, que d'inspirations
heureuses ! Quel épanchement d'audace et de puissance dans ces efforts musculaires et dans nombre
de ces raccourcis qu'on ne saurait attribuer aux
faveurs du hasard pour l'intrépide, pour l'ingé-
nieux improvisateur !

Je ne dirai pas comme Dante que :

... il sangue ancor mi scipa

en songeant à cette kermesse de serpents, mais je
vous assure qu'ils sont étudiés et peints avec une
conscience et un fini qui ne laissent rien à désirer.

Les groupes confus dont le sol est couvert,
m'ont rappelé un tableau de Rubens et je viens
d'écrire le mot un peu fantaisiste de *kermesse* :
c'est à tort, il ne saurait convenir à cette frairie
de vertébrés. Ce sont des pince-sans-rire qui sa-
vourent la douleur en silence, de parfaits égoïstes
qui s'amusent en dedans : à peine une sibilation,
un léger crépitement de crécelle. Nul autre bruit,

C'est en silence que leurs enroulements aux lan-
gueurs molles et caressantes étreignent et broient
les os de leurs victimes ; en silence que leur langue
fourchue, rapide, insaisissable, comme la vibration d'une lame d'acier, les chatouille dans un
baiser qui finit par une morsure cuisante. Je sais
tout cela, et pourtant je les voudrais ici plus furieux, plus féroces, ils n'ont pas l'élan que réclame
une situation pareillement anormale. Ces pythons
et ces crotales ramagés de jaune sur le dos, ces
corals aux anneaux noirs cerclés de blanc sur un
fond rouge brique, d'autres espèces qui font fris-
sonner la moire verte de leur robe ou scintiller
comme de la nacre les écailles de leurs flancs, ces
vipères, ces cobra-capel, ces aspics qui cerclent de
spirales frétillantes les fines et délicates attaches
de femmes sont d'une vérité saisissante ; mais ils
ne se livrent, on le dirait, que par manière d'ac-
quit à leur tâche de bourreaux d'enfer, et ils ne
diffèrent pas assez de ces animaux en caoutchouc,
qui éternellement lovés dans la couverture de
laine, ou suspendus comme une guenille à quelque
arbuste factice de leur cage de verre, au Jardin
des Plantes, ne paraissent avoir de vivant que la
langue dont on les voit se pourlécher sans cesse
les babines.

Le second tableau de M. Doré, la *Maison de
Caïphe*, n'est pas l'enfer, mais c'est assurément une

étape de cette voie infernale que hantent les per-
fides et les traîtres, ceux devant qui « l'on parle
bas », ceux qui caressent et qui trahissent, les
serpents à face humaine en un mot. — A la veille
des Azymes, prince des prêtres et magistrats, l'esprit inquiet et le front morne, sont rassemblés
dans une salle ombreuse, véritable officine de tra-
hison, où s'élabore la perte de Jésus. Cependant
on se défie du peuple que le Nazaréen a charmé,
séduit, et qu'il tient sous son victorieux prestige,
comme on peut s'en assurer en ce moment même :
et en effet par une large ouverture béante, qui
tient une paroi presque entière de la salle, on
aperçoit sur la grande place de Jérusalem la foule
qui, dans un profond recueillement, écoute les
instructions du doux conteur de paraboles. Le
grand-prêtre est assis, soucieux, appuyant d'une
main sa tête, au premier rang du ténébreux sanhé-
drin. Devant lui, un homme est debout, reconnais-
sable à ce type qui, sorti du pinceau de Léonard
de Vinci, est gravé dans toutes les mémoires. A
cette face blême, à ce petit œil astucieux au regard
fourbe, à ce nez dont la gibbosité s'accuse presque
au niveau des yeux, à ces lèvres minces, on recon-
naît Iscariote. Le haut du corps légèrement incliné,
il parle à mi-voix. Caïphe l'écoute sombre, songeur,
irrésolu ; mais sur le visage de ses voisins qui,
penchés, écoutent avidement aussi la honteuse

ouverture, éclate un tel mélange de satisfaction
perfide, d'intérêt haineux et cruel, qu'on ne peut
garder aucun doute sur l'issue de la scélérate
menée.

Ce tableau reproduit un de ces contrastes si
communs dans l'œuvre de M. Doré. La salle où
siégent en conseil les dignitaires de Jérusalem est
tenue dans un clair obscur, qui fait ressortir d'une
façon plus saisissante encore la grande place tout
inondée de chaude lumière. Aucun détail ne s'y
dérobe au regard. Assemblé en diverses attitudes,
le peuple s'y montre attentif à la parole du divin
Maître. Plus loin se dressent les constructions de
la cité juive, dômes, tours, portiques et terrasses
d'où çà et là jaillit l'aigrette d'un cyprès ou le pa-
nache d'un palmier. — Dans la salle du palais, le
principal groupe de l'assistance, au centre duquel
est Caïphe en robe de laine blanche lamée d'or,
réunit des étoffes aux nuances lilas, mauve et d'un
bleu vaguement verdâtre, qui bizarrement éclai-
rées concourent à un ensemble de tons d'une finesse exquise. — Ce tableau m'a particulièrement
intéressé. Pourtant je ne serais pas surpris qu'on
lui préférât une toile plus réaliste du même maître:
Les Vagabonds espagnols. — J'imagine que si ces
pèlerins-là ne tiennent pas caché quelque part
l'engin au moyen duquel le mendiant de Gil Blas
demandait instamment l'aumône, on peut du

moins, sans trop de témérité, leur soupçonner des
titres à entonner en chœur la vieille chanson po-
pulaire : *Yo que soy contrabandista!* — Ils ont près
d'eux une femme, un enfant et un chien. Sans
souci du soleil qui les mord, ils font la sieste sur
un tertre sablonneux où croissent à regret des
chardons rechignés, tout gris de poussière. —
Comme couleur et comme exécution, cette toile a
des qualités réelles. L'homme couché les jambes
écartées est d'un excellent dessin. L'expression de
la figure est parfaite. En revanche, le gros chien
du premier plan est essentiellement dénué des
qualités que je viens de dire.

M. Ernest Hébert, avec ses Vierges byzantines
si célébrées, l'une en 1872, l'autre en 1873 (1), a été
le précurseur des Vierges exposées l'an dernier par
M. Humbert, et cette année par M. Bouguereau.
Ces deux tentatives, je le reconnais volontiers,
sont des plus recommandables, et pourtant combien grande encore est la distance qui sépare l'ini-
tiateur de ses deux émules. Il y avait dans la
Vierge de M. Humbert des qualités magistrales,
la couleur et le sentiment n'y manquaient pas,
mais l'exécution en était un peu sèche. — La Vierge
de M. Bouguereau a également d'admirables qua-

---

(1) *Reflets de tableaux connus*, pp. 171 et 205.

lités, mais pourtant je ne la saurais louer d'une façon absolue comme je l'ai fait pour celle de M. Hébert dans une lettre que je vous écrivais l'an dernier. — La Sainte Vierge de M. Bouguereau, vêtue de la robe rouge et du manteau bleu traditionnels, occupe une stalle de marbre blanc dont les faces antérieures encadrent des panneaux de rosaces coloriées. Sa tête, couverte d'un voile qui tient le haut du visage dans un demi-jour, se détache sur le disque d'or du nimbe. Ses traits sont d'une délicatesse, d'une pureté exquises. Le coude sur le marbre et deux doigts contre la joue, elle contemple avec une indicible expression de quiétude méditative, Jésus qui, du genou gauche où il est assis, tend son visage et ses mains pleines de caresses au petit saint Jean. Celui-ci debout, appuyé contre la Sainte Vierge et la tête à demi-renversée, se prête avec bonheur aux témoignages de tendresse que lui donne le divin *bambino*. Dans ce groupe d'un dessin très-correct et d'un mouvement très-heureux, bien qu'un peu maniéré, l'habileté de main et le fini d'exécution habituels à M. Bouguereau sont jusque dans les moindres détails poussés aux dernières limites. Le visage de Marie, les chairs des enfants, les étoffes, même la peau de mouton qui couvre saint Jean, tout est peint de la même manière, tout est lisse, tout est poli, tout est luisant, — tout est de marbre absolu-

ment comme la stalle. Si ce reproche, déjà fait
à M. Bouguereau, revient dans les critiques, il
n'aura cette fois rien d'exagéré.

Un détail de la composition me paraît plus
blâmable encore. Cette jambe de Marie, qui porte
Jésus, passant sur la jambe gauche qu'elle croise
au genou, laisse suspendu en l'air un pied qui, vu
de face et découvert jusqu'à la cheville, sort littéralement de la toile. Le dessin en est, dit-on, un
peu anguleux. Ce n'est pas mon avis. Ce pied, au
contraire, me semble dessiné et modelé avec une
rare perfection. Il est veiné, il est caressé de la
façon la plus précieuse, et c'est précisément pour
cela qu'il est trop en vue. Il saute aux yeux pour
ainsi dire et il offense le goût dans une œuvre qui
ne devrait en rien faillir au caractère éminemment
religieux et réservé qu'elle implique. C'est là une
faute que n'eût jamais commise M. Hébert, dont
l'âme va jusqu'au bout des doigts. Aussi quel
respect intense, quelle saisissante et mystérieuse
émotion dégagent ses madones ! On n'éprouve rien
de semblable devant la peinture de M. Bouguereau.
On admire l'incontestable talent du peintre, on
admire tout ce qu'il a mis de grâce exquise et
de pureté dans le visage de sa Vierge, et l'on se
retire en disant : Non, ce n'est point la Mère du
Christ, mais c'est une adorable Parisienne !

Flore et Zéphir, un autre tableau du même artiste, me plairait infiniment, vu par le gros bout d'une lorgnette ou réduit en tout petit sur porcelaine.

La Baigneuse, une troisième toile, est une figure qui ne manque pas de grâce, mais la couleur en est médiocre. En définitive, c'est toujours la même peinture agaçante à force d'être lisse et propre.

Vous le voyez, mon cher ami, dès qu'il s'agit de traiter un sujet religieux, l'esprit le plus fertile en expédients, le pinceau le plus fécond en prouesses ne suffisent plus : il faut avant tout l'inspiration, et je ne sache pour la dispenser qu'une foi religieuse fervente et profonde, ou, pour en tenir lieu, que l'étude sérieuse des textes sacrés, unie à d'austères méditations.

M. Ferdinand Humbert, l'auteur d'une *Dalila* très-légitimement célèbre (1), n'est pas encore, semble-t-il, dans les conditions requises : il expose cette année un *Christ à la colonne*, figure malingre, d'un caractère indéfini, d'un dessin, d'un modelé, d'une couleur qui nous paraîtraient suffisants, il est juste d'en convenir, si nous n'avions encore présentes à la mémoire les qualités de sa *Dalila*.

Si M. Humbert n'a pas réussi en cette circonstance, je ne sais trop quel auteur de Christ — et

(1) *Reflets de tableaux connus*, p. 159.

ils sont nombreux au Salon actuel — serait en
droit de lui jeter la première pierre. — M. Mont-
chablond ne s'en aviserait assurément pas, lui qui
expose un *Salvator Mundi* gigantesque, niais et
blond, à figure plate et fadasse. Le Monde qu'il
porte d'une main semble un de ces globes azurés
de pendule, où d'ordinaire sont inscrits des chiffres,
et sa main droite, d'un pitoyable dessin, se lève
ouvrant un certain nombre de doigts comme si
elle indiquait l'heure aux mortels. Cette erreur
d'un homme de beaucoup de mérite doit nous
rendre indulgents pour les malheureux qui, victimes d'une pseudo-vocation artistique, s'épuisent
tristement en sujets religieux, les seuls produits
de leurs pinceaux dont, grâce à quelque obscure
église de village, ils trouvent parfois le placement·

III

Paris, 11 Mai.

Je veux aujourd'hui vous parler d'une peinture
où se montre le radieux et doux visage du Ré-
dempteur, mais il s'agit cette fois d'une simple
légende, — légende vénitienne, s'il faut en croire
M. de Beaulieu qui, sans nous citer un mot du

texte original, le condense ainsi : *La Madeleine rencontre Jésus pour la première fois.* — Me voilà donc contraint, cher ami, d'interpréter pour vous, à mes risques et périls, la charmante composition de M. de Beaulieu. Je m'exécute. — La scène se passe au temps où Marie-Madeleine, la douce patronne de toutes les pécheresses blondes,

.... Parmi les parfums et les fleurs,
Au sein des voluptés par le ciel condamnées,
Dissipait le trésor de ses jeunes années.

Le soleil vient de disparaître, teignant de pourpre et d'or à l'horizon un ciel qui traverse les adorables nuances de l'aigue-marine et vient retrouver au zénith ses tons pâles de turquoises. — Sur ce fond délicat, déjà montre son arc d'argent la lune, cette éternelle et discrète confidente des rêveries amoureuses. Un groupe de cèdres centenaires étend comme des ailes, les noires couches horizontales de sa puissante ramure sur le ciel clair et couvre, en cet endroit, l'eau sombre et tranquille d'un lac. Le long de la berge, une sorte de caïque glisse sans bruit. Au milieu de ce caïque, Marie-Madeleine s'abandonne demi-couchée sur le sein d'un personnage de haut rang. Est-ce un proconsul, un satrape, un simple tétrarque? Je ne sais. Toujours est-il qu'un manteau écarlate ajusté sur son front par un cercle d'or, d'où jaillit

une aigrette de diamants, encadre son superbe
visage à barbe noire et lui descend sur les épaules. Un esclave debout à l'arrière de l'esquif enfonce sa rame dans le lit du lac peu profond,
comme s'il voulait accoster la rive. Deux gardes
farouches, la lance au poing, sont attentifs aux
ordres du maître, et penché vers la proue, un négrillon entretient le feu d'un brûle-parfums.— Le
front couronné de roses et la tête renversée sur
l'or de sa chevelure éparse, la poitrine et les bras
étincelants de joyaux, la robe jonchée de fleurs et
la main étendue vers un théorbe encore vibrant,
la vierge folle, qui peut-être tout à l'heure s'abandonnait à quelque souriante rêverie, vient à l'improviste d'apercevoir sur la berge voisine un passant, un inconnu en robe rouge, dont le visage
resplendit comme illuminé d'un rayon divin :
soudain elle a tressailli, un tumulte de pensées
s'est éveillé dans son cœur, et maintenant plus
morne que la satiété, la voilà aux prises avec une
de ces mélancolies toutes peuplées de ressouvenirs
amers; ce simple regard, distraitement dirigé
vers le passant mystérieux, lui aura été le prélude
du renoncement absolu aux fêtes et aux vanités
de la vie mondaine et un point de départ pour
s'élancer, par l'adoration, la prière et la pénitence, dans la voie des félicités éternelles.

Il serait imprudent de regarder de trop près au

dessin de M. de Beaulieu. Comme son illustre maître Eugène Delacroix, il sait dessiner sans doute, et il dessine à ses heures, mais cette fois il paraît avoir seulement visé à un effet, et je dois dire qu'il l'a rendu avec un art délicat par l'habile contraste des tons sombres et lumineux. C'est avec la plus grande circonspection qu'il a usé des couleurs qui d'ordinaire jettent leur note bruyante dans les couchers de soleil à grand fracas. La scène est parfaitement indiquée. Le jour va s'éteindre dans une limpide sérénité, le lac dort sans ride sous les vertes palettes de ses nénuphars dont un unique oiseau vermeil et azuré vient visiter les fleurs pâles ; le caïque reçoit sans bruit son impulsion, l'herbe molle de la rive étouffe les pas du divin passant, tout est silence et paix dans cette douce nature ; Madeleine seule, les yeux tournés vers l'inconnu au front nimbé, semble murmurer inquiète : *Anima mea turbata est; sana animam meam!*

Encore le Christ miséricordieux et consolateur. C'est M. Glaize qui nous le montre cette fois dans la *Femme adultère*. M. Glaize est depuis longtemps connu ; je me bornerai à vous dire qu'il n'a pas failli à ses qualités habituelles qui sont une véritable habileté de mise en scène, un style excellent, une couleur harmonieuse et beaucoup de justesse dans l'expression.

M. Paul Laurens, dans les tableaux qu'il expose cette année : l'*Excommunication* et l'*Interdit*, a
su joindre l'émotion du drame à l'intérêt archéo-
logique. — La scène se passe... — Je pourrais
d'autant mieux commencer ainsi que M. Laurens
vise toujours un peu à l'effet théâtral. — Donc,
nous avons sous les yeux une vaste galerie aux
murailles grises et nues. Contre la paroi du fond
une stalle en bois, vaste et massive, s'adosse à une
étroite pièce de drap d'or qui monte fixée au mur.
Cette stalle est un trône. Le roi et la reine y sont
assis côte à côte. A droite et à gauche du trône,
et à égale distance, deux coffres oblongs que couvrent des coussins bien maigres sous leur housse
en serge verte, sont aussi appuyés à la même paroi. Ils ont à chaque extrémité une barre d'appui
pour les coudes. Un peu au-delà du coffre de
gauche une porte romane s'ouvre dans la muraille.
Un cortége, moines et prêtres, avec croix et ban-
nières, des évêques, mître en tête, crosse en main,
sont en train de se retirer par cette issue. — Voici
ce qui s'est passé :

Robert-le-Pieux ayant épousé sans dispenses
sa parente et sa commère Berthe de Bourgogne,
Grégoire V a fulminé contre lui une bulle d'excommunication, et le mandataire du pape vient
de lui signifier l'anathème avec le cérémonial accoutumé. — Le front ceint de la couronne, les

épaules couvertes d'un manteau rouge, qui descend sur sa dalmatique bleue à fleurs d'or, le roi, la tête baissée, paraît plongé dans une profonde stupeur. Sa main droite, inerte, a laissé choir le sceptre, qui roule sur les degrés du trône. La jeune reine, dans sa robe de laine blanche que serre à la taille une large écharpe jaune, se presse frissonnante, terrifiée contre le sein de son époux, qu'elle enlace, et semble regarder avec effarement un cierge qui, arraché de son haut chandelier d'église resté debout sur les dalles, vient d'être jeté devant le trône, comme le témoigne la mince spirale de fumée qui s'en échappe encore. — Ce tableau est d'une bonne couleur, bien qu'un peu crue. L'expression des figures est réussie, le saisissement est des plus complets. Le clergé se retire implacable, pas une tête ne se retourne, pas un regard de pitié ne descend sur cette infortune royale. Le silence, l'isolement poignant et fatal, on le comprend, vont descendre dans cette vaste salle d'où les commensaux et les serviteurs déjà ont disparu, et le vide, ce vide si pénible aux âmes troublées et inquiètes, y fera bientôt sentir ses malaises aux étreintes glaciales. Ce cierge lui-même qui, couché sur les dalles, et qui, la pointe tournée vers les sacrilèges comme une menace, leur jette au front sa fumée, fait naître dans l'esprit je ne sais quelles mystérieuses appréhensions.

2

Le châtiment que lui infligeait l'autorité théo-
cratique dut en effet consterner de la sorte ce mo-
narque tendre, doux, charitable, mais déplora-
blement faible, dit l'histoire. Aussi, désireux de
conjurer les colères de l'Eglise, s'empressa-t-il de
répudier Berthe pour épouser Constance d'Arles,
fille du comte de Toulouse, une gaillarde celle-
là, qui non seulement s'entendait à perpétuer
l'anathème ecclésiastique, en attirant différentes
espèces de foudres sur la tête de son époux, mais
qui encore le vilipendait sans cesse, disant de lui :
— Cet homme n'est pas un roy, ce n'est qu'un
moine !

Cette tendance à la décoration que je signalais
tout à l'heure chez M. Paul Laurens, est plus vi-
vement accusée encore dans son second tableau :
L'*Interdit*. — Vous connaissez, cher ami, les terribles mesures qu'entraînaient les interdictions dont
abusèrent les papes au moyen-âge. R. de Cogges-
halle, cité par M. Laurens, les résume ainsi dans
sa *Chronique du XI* siècle* : — « Quel horrible,
» quel affreux spectacle dans toutes les villes ! Les
» portes des églises fermées, leur accès interdit aux
» chrétiens comme à des chiens; les offices divins
» suspendus, le peuple ne venant plus aux fêtes
» des saints, les cadavres privés de sépulture chré-
» tienne et leur odeur infectant l'air et leur hor-

» rible aspect remplissant de terreur l'esprit des
» vivants. »

C'est absolument le décor d'un drame romantique au cinquième acte que nous avons sous les
yeux. — Dans un enclos — peut-être un de ces
cimetières qui autrefois entouraient les églises,
comme aujourd'hui encore dans nos campagnes,
— se dresse à gauche un porche roman lourd et
trapu. L'intérieur du portique est obstrué par un
amoncellement de litière hérissé de fagots épi-
neux. De cet épais fouillis de broussailles sort une
perche dont l'extrémité retient un voile noir qui
tombe et couvre en partie la barricade. Sur le côté
du porche la bulle d'interdiction, timbrée d'une
croix et revêtue de différents sceaux, s'étale pla-
cardée avec ses sinistres écritures rouges, comme
les parchemins cabalistiques. Un cadavre dont on
devine la silhouette rigide sous le linceul que des
lanières croisées retiennent dans toute sa longueur,
est couché sur le sol dans un coin contre la porte
bouchée. Une serge noire lui couvre la tête et la
poitrine. A l'autre extrémité de l'enclos, près d'une
haute entrée également encombrée de cotrets, de
broussailles et de débris de toute nature, que domine encore le lugubre drapeau noir, un autre
cadavre, celui d'une jeune fille, est étendu sur un
brancard. La couronne funèbre lui ceint le front;
elle a le haut du corps dressé et les mains jointes.

Une serge noire lui couvre en partie les jambes
et traîne à terre : des âmes pieuses ou désolées ont
jonché de fleurs son linceul et le brancard où elle
est couchée. — Le ciel laisse tomber un jour morne
sur l'enclos silencieux.

Je serais bien surpris si la peinture que je viens
de décrire avec une rigoureuse exactitude, éveil-
lait dans l'esprit du spectateur des sensations en
rapport avec le texte que M. Laurens a pris le soin
de citer au livret. — Ce qui frappe tout d'abord
dans sa composition, c'est le grand voile noir qui
couvre à demi l'entrée de l'église. On n'aperçoit
qu'ensuite les cadavres : ils tiennent peu de place,
et l'un d'eux, celui de la jeune fille, n'apparaît que
vaguement. Ils sont d'ailleurs parfaitement empa-
quetés, les issues du cimetière sont closes, et rien
n'indique encore qu'ils n'y pourront dormir en
paix leur éternel sommeil. M. Laurens a sans doute
craint de céder à l'entraînement d'un sujet dramatique, et il se borne à nous en montrer une partie,
si bien qu'il est resté froid et fort au-dessous de
l'effet qu'il se proposait d'atteindre. La composition néanmoins intéresse : elle est supérieurement
peinte. Ici, comme dans l'*Excommunication*, qui
nous montre la salle d'apparat d'une demeure
royale au xıe siècle, les murailles sont traitées de
main de maître, l'artiste leur donne même une
telle importance qu'on le soupçonnerait volontiers

d'avoir voulu surtout mettre en vue les jeux adroits
de sa brosse. — L'élan farouche qui en 1872 con-
tribua fort au succès d'un tableau de M. Laurens :
Etienne VII apostrophant le cadavre du pape Formose (1),
est à peine sensible dans ses peintures d'aujour-
d'hui, qui me rappellent un peu les compositions
de M. Gérôme.

Il faut vous y résigner, mon cher ami, la présente lettre est décidément vouée aux sujets lu-
gubres. Voici — l'*Insulte aux prisonniers*, par
M. Albert Maignan — un douloureux épisode de
cette croisade contre les Albigeois qui pendant
une vingtaine d'années mit à feu et à sang le
Languedoc et la Provence. Triste guerre où la
convoitise effrénée de quelques hommes se couvrit
du manteau de la religion pour s'emparer d'un
riche pays. Aussi les origines et la portée de
l'implacable lutte sont-elles restées fort obscures,
et plus d'un reître, déposant ses armes au sortir
de cette époque trouble, aurait bien pu dire
comme le Joshua de *Marie Tudor* : — « Moi, dans
ce temps-là, je m'occupais de guerre de religion,
je me battais pour l'un et pour l'autre. Il s'agissait
d'être pour ou contre le pape. Les gens du roi
pendaient ceux qui étaient pour, mais ils brûlaient

---

(1) *Reflets de tableaux connus*, p. 91.

ceux qui étaient contre. Les indifférents, ceux qui
n'étaient ni pour ni contre, on les brûlait ou on
les pendait indifféremment..... Du diable! si je
sais maintenant pour qui ou pour quoi je me
battais! » Voici le tableau de M. Maignan : — Au
pied d'un roc sourcilleux au flanc vertical, où se
montrent perchés les murs d'une ville forte, de
malheureux prisonniers enchaînés, blessés, san-
glants, exténués de faim et de fatigues, à peine
couverts de lambeaux, sont couchés ou plutôt
vautrés pêle-mêle dans la boue sous la garde
vigilante des sentinelles. Quelques femmes du
peuple s'approchent farouches et l'œil en feu
d'une palissade légère qui protège les vaincus, et
les menaçant du poing, elles les accablent d'invec-
tives. Deux femmes d'une classe plus élevée, une
mère et sa fille, âmes compatissantes qu'affligent
ces cruelles manifestations, pressant le pas, s'éloi-
gnent tête basse sous leur voile. Au second plan un
évêque guerrier à cheval. mître en tête et la robe re-
troussée, s'avance conduit par un moine qui lui
montre un défilé de soldats prisonniers en marche
vers le lieu du supplice. Là se dresse une série de bû-
chers enveloppés d'une fumée que le vent déchire
par places, où l'on peut voir des malheureux liés en
gerbe contre les poteaux et se tordant sous les
langues ardentes de la flamme. L'armée victorieuse, rangée en ligne, assiste à cheval à cette

horrible exécution. — M. Albert Maignan, épris
sans doute de son sujet, l'a traité avec un talent
supérieur à tous égards. Il l'a empreint d'un
cachet moyen-âge que n'eussent pas réprouvé nos
exigences les plus farouches en fait de couleur
locale durant la mirifique période littéraire qui
s'ouvrit vers 1830 pour se fermer dix ans après.
Cette peinture est de celles que l'on regarde
longtemps, que l'on fouille. Elle dit tant et si bien
qu'on ne se lasse pas de l'interroger. Je n'en sais
guère au Salon qui soient plus intéressantes.

IV

Paris, 16 Mai.

Il y avait autrefois un château : un vrai château
de-ballade. Son principal donjon, perché comme
un nid de vautour sur la haute cime du roc abrupt,
s'y cramponnait avec des serres de granit et dé-
chirait le vol des nuages. Autour de ses créneaux
piaillaient les corneilles. La sentinelle qui guettait
aux plates-formes voyait, à travers le feuillage
ondoyant des forêts qui couvraient le pays, briller
çà et là l'écume des torrents ; elle entendait leur
perpétuel fracas, qui, des profondeurs de la vallée,

montait assourdi par la distance, et, si d'aventure,
se penchant aux meurtrières, son regard plongeait
dans l'abîme où courait une rivière tourbillon-
nante, elle se sentait gagnée par le vertige. — Les
siècles et les hommes ont fait de ce château ce que
les années et les passions font de nous — des
ruines. Ses tours ont été émiettées, on a défriché
ses forêts, et chaque jour le sol et les plantes sauvages montent à l'assaut de son dernier vestige —
le donjon — qui, malgré tout, si les chercheurs
de trésors et les voleurs de pierres se lassent,
pourrait bien durer des siècles encore. — La ruine,
vous la connaissez; elle est votre voisine et porte
le nom de Morvan, comme le sire de Léon qui l'ha-
bitait en 818. Or, en cette même année, les Bretons
secouant le joug de Louis-le-Débonnaire, élurent
pour roi ce Morvan et l'opposèrent au fils de
Charlemagne. — A la nouvelle du soulèvement,
Louis dépêcha en Bretagne l'abbé Withcaire, pour
engager le chef breton à rentrer dans le devoir.
L'abbé le vint trouver à son château de Roc'h-
Morvan — aujourd'hui La Roche-Morice, — et
c'est précisément cette entrevue du prêtre avec le
rebelle que M. Luminais a prise pour sujet d'un
tableau dont il donne au livret l'argument en ces
termes : — « L'abbé Witchar, envoyé par Louis-
» le-Débonnaire, venait proposer la paix au roi
» Morvan. Le roi flottait indécis, lorsqu'arriva

» son épouse, âme vénéneuse et perfide. Elle baise
» ses mains, sa barbe......, et l'engage à continuer
» la guerre (1). »

Dans une salle de Roc'h-Morvan, le chef breton
est assis, couronne en tête, contre une paroi que
revêt jusqu'à hauteur d'appui une boiserie sculptée
et que rayent dans sa partie supérieure les join-
tures rectangulaires du granit absolument nu.
Près de son siége un crucifix large et court, en
cuivre émaillé, s'accroche à un clou de la muraille.
Morvan se présente de face, habillé d'une tunique
jaune, appuyant le revers de sa main sur son
genou droit et tenant sa femme assise sur l'autre
genou. Celle-ci, un bras passé derrière la nuque
de son mari, lui a soulevé la main gauche et, la
tête inclinée à demi, elle y tient collées ses lèvres
en même temps qu'elle décoche à l'envoyé de
Louis un regard sournois et venimeux. — Debout
devant cet étrange couple se tient Withcaire, songeur, impatient, tenant d'une main sa barbe,
étranglant de l'autre, appuyée au couvercle d'un
bahut, le rouleau [de parchemin qui l'accrédite
auprès du Breton. Morvan est impassible. Il est
solide, carré, trapu : il a une de ces bonnes têtes
de campagnard à la chevelure épaisse, au front

---

(1) Pitre-Chevalier. *Histoire de Bretagne.*

bas, au crâne de rhinocéros, qu'on pourrait dix
années durant forger sur une enclume sans faire
sortir, sans modifier même l'idée fixe qui s'y est
incrustée. — Elle ne l'ignore pas cette créature en
robe rouge, si franchement lascive, qui, avec une
souplesse vipérine, se tord enlacée à son mari, et
dont le piétinement nerveux fait tomber en partie
sur les dalles une peau de loup placée à la base
du siége. Elle sait bien autre chose encore, la per-
verse ! Seule, elle pourrait dire quelle influence
et quelles mystérieuses séductions ont fait germer
et croître l'esprit de révolte sous le front étroit
mais honnête au demeurant de son époux. La
guerre, elle la veut. — « C'est sa guerre à elle. » —
Morvan ne cédera pas, elle en est sûre. Aussi de
ce genou robuste où, voluptueuse et sardonique,
elle s'infléchit dans une pose qui, repoussant sur
le sinciput sa capuce noire galonnée d'or, découvre
des cheveux blonds rudes et crespelés, elle darde
sur l'abbé un regard acéré tout empreint de malice
inquiétante et sauvage. — Withcaire se montre
de profil à demi-perdu. Un manteau vert sombre
à capuchon descend sur sa soutane noire. Fron-
çant le sourcil, rongeant son frein, il se demande
si le sans-gêne de ces privautés conjugales n'est
pas une offense à sa dignité d'ambassadeur, aussi
bien qu'à son caractère ecclésiastique, et si c'est
pour assister à de pareils épanchements que le

Débonnaire l'a envoyé en Bretagne. Enfin — et comme s'il avait lu la phrase équivoque citée au livret du Salon de 1875 — il se demande encore fort perplexe si la femme de Morvan voudra au moins s'arrêter après avoir baisé les mains et la barbe de son époux. — Qu'advint-il de cette délicate situation ? L'histoire ne s'en soucie guère. On sait seulement que la mission de Withcaire échoua, que la guerre eut lieu et que Morvan, défait par les troupes royales, fut tué au milieu de l'action. — Et c'est ainsi que nous voyons à travers les siècles les mêmes influences fatales aboutir aux mêmes désastres.

M. Luminais est un de ces privilégiés qui toujours ont enlevé au bout de la brosse des difficultés contre lesquelles nombre de peintres buttent encore après de longues années. Pourquoi donc, malgré ses nombreux tableaux, où règnent le souffle mâle, l'exécution large et l'excellent coloris, ce peintre reste-t-il au second plan ? Si sa manière manque un peu de style et d'élévation, s'il ne progresse plus, s'il ne peut franchir le pas difficile qui sépare les peintres de talent des peintres de génie, cela tient précisément à une facilité qui, l'entraînant et le dominant à son insu, l'empêche de pousser plus avant ses recherches et l'oblige à se contenter de ce qu'il sait.

La couleur si délicatement grise de M. Pille
est en parfaite harmonie cette fois avec le temps
le plus ordinaire du pays breton : car nous
sommes encore en Bretagne. Seulement je ne
saurais vous dire à quelle ville appartient ce
carrefour où le *Décret du* 24 *février* 1793, promul-
gué à cri public et à ban de tambour, attire un
personnel de conditions variées. Nombre de cités
bretonnes en effet peuvent revendiquer ces maisons aux étages surplombants et aux murailles de
torchis pittoresquement rayées de charpentes, qui
montrent leur pignon percé de fenêtres.bizarres et
parfois, aujourd'hui encore, vitrées de ces carreaux
dont les boursouflures opaques, assez semblables
à des lentilles, semblent une maladie du verre. —
Où que nous soyons, un piquet de grenadiers de
la République, précédé par un petit tambour à la
physionomie pleine de crânerie joviale, sert
d'escorte au crieur et l'écoute avec le même
recueillement que s'il n'avait pas déjà entendu la
lecture de ce décret à tous les coins de rue. Des
bourgeois portant le claque, la lévite à pèlerine et
les bottes à revers fauves, un muscadin costumé
comme le César Josse des *Rendez-vous bourgeois* et
tenant à la main son gourdin en spirale, des femmes d'un excellent type, enfin un campagnard
en paletot de peau de chèvre à longs poils (détail
qui semble fixer la scène dans la haute Bretagne),

entourent le crieur vêtu d'un habit de galante
couleur rose, et l'écoutent avec des physionomies
qui, selon les divers intérêts, reflètent des sen-
timents divers; pourtant l'impression la plus
générale me paraît être l'anxiété. — La couleur de
M. Pille affecte un gris tendre et placide que l'œil
accepte de fort bon gré. Son pinceau parfois accomplit des prodiges d'adresse, ce qui l'entraîne
souvent à donner aux accessoires une importance
excessive. Je me rappelle un de ses tableaux exposé en 1872, où la surprenante finesse d'exécution
et l'étrangeté de certaines étoffes ont mis aux abois
plus d'un esprit curieux en quête de pénétrer les
rubriques de l'artiste. M. Pille, pour me servir
d'un terme d'atelier, « peint par morceaux. » Il
place ses figures les unes à côté des autres, ou
plutôt les unes sur les autres, sans s'occuper ni de
l'ensemble, ni de l'aspect général du tableau; de
là ce manque d'air et de perspective qu'on peut
reprocher à plusieurs de ses peintures.

Si je vous avais parlé des sujets bretons dans
l'ordre où je les ai rencontrés, vous sauriez déjà
que je me suis arrêté avec un vif intérêt devant
une modeste petite toile signée : Alexis Lemaistre.
Cette toile, tout au plus large comme les deux
mains, fort heureusement repose sur une cymaise
voisine de la grande salle. Un peu plus haut

3

placée, il eût été difficile de l'apercevoir à l'œil
nu. Elle représente, avec beaucoup de vérité, la
petite servante d'une ferme bretonne. L'enfant a
posé sa cruche dans une niche, sous le mince filet
d'eau d'un conduit, puis elle s'est assise tout auprès, les mains jointes sur les genoux, les jambes
pendantes et croisant des pieds auxquels l'industrie de saint Crépin est, jusqu'à ce jour, de-
meurée parfaitement étrangère. Une cotonnade
bleue lui cache la chevelure, un maigre châle d'in-
dienne rouge lui couvre les épaules et s'enfonce
sous la *piécette* de son tablier. La pauvre fille n'est
pas jolie, mais son visage rappelle un type fort commun dans le Finistère. Elle a grandi à l'aventure,
comme cette plante à fleurs roses, dont un caprice
du vent a porté le germe entre deux cailloux, là,
tout près, sous ses pieds. Elle regarde...... Quoi ?
Peut-être sans les voir la mouche qui passe ou le
vol inégal du papillon, et si elle ne songe à rien,
elle est heureuse, car — ne penser à rien est la plus
douce des existences — si l'on en croit le vieil
Ajax, sinon Sophocle, qui lui fait dire ce mot dont
je n'accepte pas la responsabilité. — Hélas! tout
porte à croire que la pauvrette ne jouit pas d'un
semblable bonheur. Les premiers réveils de la
raison doivent lui avoir fait connaître le premier
et le pire souci d'une fille de sa condition. Servant
aujourd'hui pour l'abri et le pain quotidien, je de

présume, elle songe aux gages que sa maîtresse
lui donnera quand elle sera plus forte, et sa pensée n'allant pas encore au-delà, elle attend, elle
accomplit sa tâche habituelle et sa vie coule lente
et monotone comme le filet d'eau présentement
occupé à remplir sa cruche. — Cette figure, d'un
bon dessin, d'une fort agréable couleur, manque
peut-être un peu de relief et trahit l'hésitation
d'un pinceau inexpérimenté ; mais, comme je l'ai
dit en commençant, elle est très-vraie, on y sent
une étude sérieuse du modèle et une conscience
qui n'a rien voulu du hasard. M. Alexis Lemaistre
est dans une bonne voie, et je suis heureux de
remercier en lui un artiste inconnu qui m'a conduit en esprit vers le sol natal.

Souvent déjà je vous ai parlé de M. Jules Breton, un peintre Normand qui, prédestiné par son
nom et peut-être aussi par son origine à aimer
notre Bretagne bretonnante, différentes fois est
venu, durant la belle saison, planter sa tente —
comme disent les Prud'hommes — sur les côtes
du Finistère. C'est là qu'il a reçu les confidences
de la nature bretonne, là qu'il s'est pénétré de
l'esprit des mœurs et des coutumes de nos campagnes, et s'il retrace aujourd'hui quelque scène
de la vie rurale, au prestige de son pinceau s'ajoute
l'autorité de ses études solides et de son esprit

d'observation, toutes qualités qui font tenir ses tableaux en grande estime. — Donc, le peintre depuis longtemps était connu ; aussi dès qu'un élégant volume de poésie marqué au front de ce nom sympathique : Jules Breton, m'est tombé entre les mains, je l'ai ouvert avec empressement, je l'ai lu avec un intérêt des plus vifs, et maintenant que c'est chose faite, je puis vous affirmer que ce livre tiendra une place distinguée parmi les publications poétiques de notre époque. Non-seulement M. Jules Breton a trouvé d'emblée le rhythme harmonieux, la strophe élégante et souple, le style délicat et facile, mais il fait passer sous nos yeux des notes d'une couleur superbe que son pinceau, métamorphosé en plume, n'avait pas, il faut le dire, toujours rencontrées sous sa première forme. Plusieurs de ces petits poëmes agrestes, dont l'ensemble porte avec une parfaite conscience ce titre : *Les champs et la mer*, ont été écrits à Saint-Pol-de-Léon et à Douarnenez. — Les pays du Léon et de la Cornouailles y épanchent la fraîcheur de leurs rivières folâtrant sous les aulnes, les senteurs douces, pénétrantes et amères des foins, des sureaux, de l'aubépine, des genêts et de la menthe sauvage. L'Océan y déroule ses multiples et capricieuses beautés, ses repos aux vastes ondulations azurées et sereines, ses terribles démences et ses horizons infinis, mystérieuses patries

auxquelles aspirent toutes les âmes en peine. Et
que de charmants et superbes motifs ! Ici, c'est la
brune paysanne qui, pareille à une canéphore
antique, étend le bras et retient

> Son amphore de grès rouge sur son front pâle.

Là, c'est l'humble moissonneur qui, assis sur son
char au milieu du flot d'or de la moisson,

> .... Triomphant resplendit dans la gloire
> Des gerbes de rayons et des gerbes d'épis.

Plus loin enfin, c'est le joyeux cercle de robustes
campagnardes, en branle autour de ce *feu de Saint-
Jean* qui, pareil à un phare, me ramène au Salon
d'où je m'écartais pour battre un peu la campagne. Néanmoins, je ne saurais sans présomption
décrire une scène à laquelle M. Breton a consacré
des strophes charmantes ; je me récuse donc, mon
cher ami, ne doutant pas que vous ne me sachiez
gré de céder la place à l'éminent poëte :

> Tandis que dorment les faucilles
> Aux hangars, vers la fin du jour,
> Autour des feux les jeunes filles
> Dansent en rond au carrefour.
>
> Dans le crépuscule que dore
> Un dernier rayon incertain,
> Sur l'horizon où vibre encore
> La brume chaude du lointain,

On voit leurs silhouettes sombres,
Que baigne un reflet azuré,
Dans le mystère exquis des ombres,
Décrire leur pas mesuré.

Et le mouchoir qui se soulève
Au vent du joyeux tourbillon,
Sur leur épaule bat sans trève,
Comme une aile de papillon.

Et la ronde passe et repasse,
Mêlant ses voix à l'unisson;
Vers les étoiles dans l'espace,
On croit voir monter la chanson.

Et les jeunes gens aux murailles
Adossés avec abandon,
Ténors, barytons, basses-tailles,
Accompagnent en faux-bourdon.

Parfois, une vieille au front morne
Glapit quelques sons chevrotants,
Assise sur la même borne
Qui la connaît depuis cent ans.

La chauve-souris qui séjourne
Au pignon noir, prend son essor,
Et, bête étrange, tourne, tourne
Au ciel où nage un croissant d'or.

Dansez, dansez, ô jeunes filles,
En chantant vos chansons d'amour;
Demain, pour courir aux faucilles;
Vous sortirez au petit jour.

Je n'ai rien voulu distraire de cette charmante poésie, pas même les quatre dernières strophes qui sont absolument étrangères au tableau exposé dont je veux compléter en quelques mots la description. — Un étroit croissant de lune jette sa lueur pâle sur le paysage. La ronde nocturne occupe au premier plan un terrain vague tout près d'un hameau à masures basses dominées par le clocher pointu de l'église. D'autres feux se montrent un peu plus loin, environnés de jeunes garçons qui, brandissant des torches, décrivent en l'air de lumineux parafes. Bien que les feux soient devenus brasiers, leurs reflets devraient cuivrer davantage, ce me semble, les personnages les plus voisins. — Dans certains carrefours bretons, où se dressent des croix de granit sur des socles, la Saint-Jean allume des feux qui groupent les spectateurs sous des aspects d'un pittoresque et d'un fantastique saisissants, que j'eusse voulu trouver dans la peinture, du reste excellente, de M. Jules Breton.

V

Paris, 24 Mai.

Ces jours derniers, nous étions en Bretagne, et tout à l'heure nous serons dans l'Inde! N'est-

ce pas amusant de voyager en esprit? On enfour-
che la Chimère sans frein, et hop! en avant! dans
le passé, dans l'avenir, on monte au ciel, on
descend aux enfers, sans pour cela préjudicier
aux visites de bon voisinage sur les différents
points de notre monde terraqué. — C'est ainsi
que, partis pour l'Inde en commençant la phrase
précédente, nous y sommes arrivés au moment
même où je finissais, moi de l'écrire, vous de la
lire, et voilà M. Ferdinand Cormon qui déjà nous
montre cet épisode du *Ramayana* de Valmiki où :
« La favorite et les autres épouses de Ravana, roi
de Lanka, trouvent son corps sur le champ de
bataille. »

Vous connaissez, j'en suis sûr, le *Ramayana*
comme votre catéchisme, aussi me bornerai-je à
vous rappeler que Valmiki, cet Homère de l'Inde,
ce prophète aimé de Brahma, composa, 1500 ans
avant Jésus-Christ, son poëme en vingt-quatre
mille *slokas* ou distiques, qu'il le divisa en livres,
et le subdivisa en sections, tout exprès pour
raconter les exploits surnaturels de Rama (1) et sa
lutte victorieuse contre Ravana, lequel, après
l'action, fut trouvé parmi les morts. — Au

------

(1) Suivant la théologie indoue, Vichnou se fit homme
comme Jésus : Rama est le nom de sa septième incarnation.

premier plan à droite du tableau, sur un terrain
rocailleux jonché de cadavres, la désolation des
femmes éclate et s'épanche avec une effervescence
qui donnerait une haute idée de leur attachement
à l'époux commun et naturellement aussi de l'insi-
gne valeur conjugale de ce dernier, si, à cette époque, la loi religieuse n'obligeait pas encore les femmes à se brûler avec le défunt mari. Dans le cas
contraire, des sceptiques pourraient bien les soupçonner, ayant le bûcher en perspective, de se
désoler un peu sur elles-mêmes. Toujours est-il
que nous voyons les unes baiser éplorées les
mains et les pieds de Ravana, et les autres, que
le désespoir affole, se rouler à terre, se tordre les
bras et s'arracher les cheveux. Près de ce cadavre
royal, couché sur le dos dans une position simple
et pleine de caractère, une des veuves, qui se tient
agenouillée, prend à deux mains la tête du mort
et la soulève avec une délicate et pieuse tendresse.
Ainsi redressée, cette tête livide semble une
dernière fois se tourner vers la favorite qui, se
traînant affaissée sur deux esclaves, vient mêler
sa douleur à la douleur de ses compagnes. Mais le
roi de Lanka n'entend plus celle qu'il aimait, ses
yeux, perdus dans la cavité noire des orbites,
désormais ne peuvent plus l'admirer; sa bouche
contractée ne peut plus lui sourire, déjà même se
lassent les mains trop faibles qui soutiennent sa

3*

tête, et de nouveau cette pauvre tête, retombant inerte, va frapper le rocher. — La couleur de M. Cormon, qui n'est pas sans rapport avec celle d'Eugène Delacroix dans le *Massacre de Scio*, rappelle infiniment plus encore celle d'Ary Scheffer dans les *Femmes Souliotes*. Si M. Cormon lisait ces lignes, il y verrait, je l'espère, un simple rapprochement et non pas un reproche. — Le groupe de la favorite appuyée aux esclaves s'enlève de la plus heureuse façon sur le ciel. Le torse d'une femme qui s'arrache les cheveux est un excellent morceau de peinture. Le cadavre du roi et sa tête au fin profil aquilin sont très-habilement dessinés. J'ajouterai qu'un véritable sentiment dramatique règne dans cette page, où M. Cormon vient d'affirmer ses grands progrès.

J'eusse voulu vous parler, avec la plus courtoise déférence, d'un peintre que le cycle romantique de 1830 compta parmi ses brillants coloristes. Malheureusement *Ariadne et Bacchus*, tableau qui m'a semblé un pastiche d'Eugène Delacroix, ayant attiré mon attention, j'ai dû recourir au livret pour en connaître l'auteur, et j'y ai lu avec surprise le nom de Riésener. En vain me suis-je frotté les yeux, c'était bien Riésener, et je me demande encore si c'est le Riésener acclamé d'une peinture que vous avez sans doute admirée à

l'Exposition universelle de 1855, où elle eut un
regain de succès. Vous en souvient-il ? Elle représente une esclave noire qui, accroupie aux pieds
d'une petite mauresque, la chausse d'une babou-
che rose. — Ne figurant plus aux catalogues an-
nuels depuis bien des années, ce nom de Riésener
doit être à peu près ignoré des jeunes hommes
d'aujourd'hui. Je doute qu'il retrouve quelque
prestige à reparaître sous les auspices d'un tableau
médiocrement composé, où, entre autres défauts,
le bras d'Ariane répète absolument le bras de Bacchus, et où le coloris, bien qu'agréable encore,
n'est plus que le vague reflet d'une fière et superbe
peinture qui peut-être a fait dire de l'artiste à son
aurore : *Tu Marcellus eris !*

Si cette antique prédiction a été fatale à M. Riésener, je ne la voudrais à aucun prix faire à
M. Roll, un jeune homme dont le début avec un
tableau désigné au livret par ce mot : *Halte-là !*
m'a rappelé Henri Regnault exposant au Salon de
1869 le portrait du maréchal Primm. — M. Roll
met violemment aux prises un cuirassier français
et un cuirassier blanc de M. de Bismark. Les deux
cavaliers se sont rencontrés dans un terrible choc.
Notre compatriote, déjà blessé au front, a saisi
d'un poignet inexorable le mors du cheval prus-
sien. — *Halte-là !* s'écrie-t-il, et la pointe de sa

latte déjà cherche le cœur de son antagoniste.
Celui-ci se retenant d'un bras au col de sa mon-
ture qui, assise sur ses jarrets et les naseaux au
ciel, bat l'air do ses pieds de devant, fond tête baissée sur le Français, étreint le poignet qui l'arrête,
et s'efforce de lui faire lâcher prise. De part et
d'autre, l'élan est le même, et rien ne peut encore
faire prévoir l'issue de ce duel enragé dont l'unique
témoin est le cadavre d'un soldat de ligne couché
sur le sol, foulé aux pieds par les chevaux, et
tournant vers les deux ennemis sa face livide, aux
yeux vitrifiés. — Cette œuvre pleine de caractère
unit à de grandes qualités des imperfections nota-
bles. L'attitude du cavalier français est superbe de
vigueur et d'énergie, mais les jambes postérieures
de son cheval font l'effet d'être en bois. Un pareil
reproche ne serait pas trop hasardé, si on l'adres-
sait également au soldat mort du premier plan.
En revanche, l'arrière-train du cheval bai est
plein de relief dans son puissant effort musculaire.
M. Roll me paraît aussi confondre un peu la brutalité avec la vigueur, et d'autre part il ne soigne
pas toujours son dessin. C'est là, malgré tout, une
excellente page, pleine d'élan farouche, une peinture ferme, solide et d'une coloration suffisante,
qui aurait gagné à être tenue dans une gamme
moins sombre. Quoiqu'il en soit, ce début est
gros de promesses, et je ne serais pas surpris qu'il

y eût en M. Roll l'étoffe d'un peintre de haute futaie.

Ah ! voici les agiles, les rapides fantassins de M. de Neuville, ils accourent ventre à terre.... Mais n'anticipons pas sur les événements, — comme disaient au commencement du siècle des conteurs oubliés aujourd'hui. — *Une surprise aux environs de Metz. — Août* 1870. — Dans la cour d'une maison de campagne à la physionomie bourgeoise, règne un beau désordre, effet d'art auquel sont en train de collaborer avec émulation et enthousiasme des artistes au casque pointu. Les mannes et les caisses de vin sont éventrées, et la paille de leur flanc arrachée à pleines mains jonche le gazon environnant. Les bouteilles décapitées roulent sur le sol, d'autres sont encore debout, mais toutes agonisent si elles n'ont rendu l'âme. Bref, la ripaille, dans son effervescence, tient en pleine liesse les buveurs de bière d'outre-Rhin, qui s'en donnent à tire-larigot. Soudain, une poignée de *lignards*...., vous devinez le reste, pif! paf!.... et mes drôles de bondir effarouchés, montrant les rondeurs immodestes qui les caractérisent, et de chercher un refuge dans la maison occupée par leurs camarades. Un officier français précède ses hommes et suit de près les fuyards. L'un d'eux se détourne et lui décoche un coup de revolver. Une fusillade, qui sort en même temps du salon, fait voler en éclats les vitres, et c'est bientôt du premier étage que partent les coups de feu. L'affaire entamée sera chaude. Comment se terminera-t-elle? Heureusement sans doute! bien que trop souvent, hélas! nos peintres aient à se féliciter de ne pouvoir retracer à la fois le commencement et la fin de nos derniers combats. — M. de Neuville a touché ses petits soldats d'un pinceau adroit et spirituel, ils sont lestes, alertes, et d'un entrain qui fait plaisir à voir. Un véritable souffle patriotique traverse les compositions de ce peintre qui, mieux qu'aucun autre, est homme à poétiser notre chauvinisme national.

L'entrevue des chefs Métualis dans le Liban est l'œuvre d'un pinceau allègre, adroit et distingué qui, tout imprégné de la couleur et de l'éclat des pays orientaux, les dispense à profusion sur des toiles où elles pétillent en notes vives et brillantes comme une grêle de pierreries. Dans le tableau que j'ai sous les yeux les escortes des chefs arabes, en selle et les lances parallèlement dressées, se font vis-à-vis, rangées en bel ordre sous les bouquets de palmiers, à l'ouverture d'un ravin. Au second plan, les deux chefs se joignent avec une dignité courtoise. Derrière eux le paysage montre des escarpements abrupts qui dressent en amphi-

théâtre leurs hautes marches, çà et là verdoyantes
ou pelées jusqu'à la base d'une véritable muraille
de granit. Des flèches de lumière percent la ver-
dure des palmes et, frappant à tort et à travers,
les coiffures, les burnous et les dolmans des cavaliers, elles en font jaillir des nuances vives de
coquelicots, de bleuets et de boutons d'or. — Les
petits chevaux arabes, à la croupe ondoyante, sont
dessinés et modelés avec un art consommé. Ils
sont pleins de vie et, impatients de piaffe, ils hen-
nissent, rejetant de l'un à l'autre œil la mèche de
crin qui leur pend du front aux naseaux. — Le
second tableau de M. Pasini : *Promenades dans le
jardin du Harem (Asie-Mineure)*, reproduit les qualités exquises du peintre. Dans ce jardin fleuri,
image du plus capricieux désarroi, six ou huit
femmes se promènent à la file sous l'œil vigilant
d'un Argus du sexe neutre. Leur promenade est
limitée par une construction basse, que couvre un
toit cannelé où prend ses ébats toute une société
de pigeons. Le long de ce rez-de-chaussée, s'ouvrent les fenêtres de chambres intérieures, qu'un
fin treillage doré protége contres les regards in-
discrets. Une moulure en segment de cercle les
couronne, encadrant un tympan de faïence
peint d'arabesques sur fond bleu turquin. Dans
l'enclos étroit, les fleurs croissent en désordre, mêlées aux herbes folles et aux plantes

parasites. La couleur locale fait surtout l'intérêt de cette petite scène exotique où l'élégante
coquetterie des ajustements ne pouvait manquer
de tenter le pinceau de l'artiste. Il les a finement
ramagés, diaprés, il les a fait chatoyer comme la
gorge des colombes et des paons, il les a éclairés
et assortis avec un tact des plus attrayants pour
les yeux que réjouissent les frissons lumineux de
la moire, les cassures brillantes de la soie, les ondoyants et capricieux reflets du satin. — L'exécution de M. Pasini est parfaite, fine et franche à la
fois. Le paysage de son premier tableau est superbe de vérité. Les montagnes du fond tout particulièrement sont traitées d'une façon surprenante.
Il y a autant de soleil dans le *Jardin du Harem*,
mais l'air y circule moins et le travail en est un
peu sec.

En fait de touche fine et spirituelle, de savant
dessin et de grâce délicate, M. Jules Worms ne le
cède à aucun coryphée de la peinture anecdotique.
Il s'est rencontré aujourd'hui avec M. Pille sur le
terrain des *Nouvelles à sensation*. — Ce n'est la faute
ni de l'un ni de l'autre, c'est celle d'un proverbe
également flatteur pour les deux artistes. — Seulement la *Nouvelle à sensation* de M. Worms se
produit avec une intensité de coloris, de vie, de
réalité que n'atteint pas M. Pille dans son *Décret*

du 24 *février* 1793. C'est à notre époque et en Espagne, un pays où M. Worms s'est enivré de couleur et de lumière, c'est sur une place andalouse, en face de maisons où le bois peint en vert des balcons fleuris jette sa note vive sur la blancheur des murailles badigeonnées au lait de chaux, que l'agent municipal, après le ban de tambour accoutumé, lit, en nasillant à coup sûr comme tout bon Espagnol, le bulletin ou la dépêche qu'il tient à la main. Il y a gros à parier qu'il y est question d'un *pronunciamiento*, d'un grand succès remporté sur les carlistes, ou d'un combat de taureaux, trinité d'événements d'un ragoût assez pimenté parmi les *cosas de España*, pour émouvoir des bourgeois habituellement assez apathiques. En effet, un groupe de citadins en culottes courtes et de femmes vêtues d'étoffes aux couleurs véhémentes, stationnent devant le crieur public; des visages curieux se montrent aux balcons, des portes s'ouvrent, et comme tout se passe à la bonne franquette en ce singulier pays, où la morgue et la bonhomie ont la tête dans un même bonnet, nous voyons sortir d'une *barberia* le frater, son rasoir à la main, et l'un de ses clients qui, la serviette au menton et la face barbouillée d'écume jusqu'aux yeux, tient entre ses mains l'écuelle au savon. Cet épisode égaye la scène, mais ses divers figurants et celui qui y joue le premier rôle ne s'en doutent **assurément pas.**

Dans un autre tableau : *Une Vocation*, M. Worms nous fait assister au premier pas d'une fillette andalouse sur le chemin de *la perdition*, comme disent les bonnes dévotes. Ce méfait s'accomplit pourtant avec la complicité d'une honnête et heureuse famille. Bien mieux, elle sourit et applaudit ingénument au dangereux premier pas, — un pas de danse qui deviendra peut-être le « pas de charge de l'amour. » La mère, l'œillet au chignon, et le crêpe de Chine rose tombant sur une robe grise à volants fleuris, gratte en chantant sa guitare. Le père, en culotte de velours vert, en veste à parements rouges, bat des mains pour marquer la mesure, et la vieille grand'mère, la tête pleine de souvenirs où fredonnent les séguidilles, où ronfle le tambour de basque, où babillent les castagnettes, où bondissent *jotas*, boléros et cachuchas, contemple avec ravissement la fillete qui bras nus, coudes en dehors, mains aux hanches et caressant le sol de son pied mignon, s'avance avec un *meneo* plein de crânerie enfantine La gracieuse manœuvre de l'enfant est suivie avec un intérêt passionné par une jeune servante qui s'appuie l'épaule à la muraille voisine. Cette muraille, où s'ouvre une porte mauresque et où l'on voit sur la gauche une fontaine que domine une cage d'oiseau accrochée à un clou, est blanchie à la chaux comme la plupart des maçonneries espagnoles. La lumière vive du soleil méridional, dans l'un et dans l'autre tableau, frappe les constructions et oppose à tous les obs- tacles qu'elle rencontre des ombres vigoureuses et transparentes.

Voici deux artistes, MM. Richter et Benjamin Constant, qui me paraissent avoir, comme Henry Regnault de glorieuse mémoire, le culte des étoffes somptueuses et diaprées de couleurs tur- bulentes. Tapis de Smyrne, brocarts au superbe éclat, satins ondoyants, chamarrures où le paillon de couleur jette ses phosphorescences, gazes, mousselines, tissus aériens poudrés d'or ou givrés de mica; on trouve à peu près tout cela dans le *Harem du Maroc.* — M. Constant y fait entrer à flots la lumière orientale par une large fenêtre décou- pée en trèfle à sa partie supérieure. Elle frappe à tort et à travers les riches étoffes, elle s'accroche aux narguiléhs, aux brûle-parfums en métal re- poussé, elle fait étinceler, sur les meubles incrustés de nacre, les flacons de sirop, les coupes de conser- ves et les plateaux de fruits, autour desquels collationne une partie du gynécée, tandis que l'autre, voluptueusement couchée sur des cous- sins, et les yeux perdus aux voûtes trouées d'alvéoles, hérissées de pendentifs, s'abandonne à quelque somnolente rêverie, que berce de son bruit monotone le petit tambourin d'un eunuque mélancolique assis sur l'appui de la croisée.

M. Richter, lui, fait tomber, à travers une coupole aux vitraux multicolores, un jour mystérieux et changeant chez la *Devineresse*. C'est une africaine qui, accroupie sur les tapis d'une splendide rotonde, interroge les tarots pour une belle jeune femme, au costume bizarre, d'un ton superbe et largement peint. — Ce tableau, à la chaude couleur d'ambre, semble, en dépit de sa lumière apaisée, dégager de temps à autre des effluves pleines d'éblouissements.

VI

Paris, 2 juin.

M. Adrien Moreau. — *Une Noce au moyen-âge.* — Qu'elle est donc charmante cette *Noce au moyen-âge!*

> *Io Hymen, Hymenæe io;*
> *Io Hymen Hymenæe!*

Elle passe dans l'herbe d'un pré. C'est le temps du renouveau. La nature est verte comme l'espérance; les feuillages sont pleins de cavatines amoureuses, de roucoulements voluptueux, de tendres soupirs, de chuchottements étouffés. Pas un merle ne siffle, et le coucou se tait! — Que c'est charmant, et qu'on voudrait se marier toujours ainsi! — Voyez ces deux conjoints : ils ont vingt ans, l'âge des douces croyances, l'âge des rêves et de l'espoir. Ils s'en vont allègres sur les gazons fleuris d'hyacinthes, embaumés de marjolaine, que couvrent les feuilles fraîches écloses des arbres. Le sein orné du bouquet sacramentel, ils s'en vont dans toute la fraîcheur de leur printemps, dans toute la grâce de leur jeunesse, dans toute la joie de leur âme. — Ils s'en vont, lui le jouvencel au pourpoint bleu, au maillot collant, elle la bachelette, relevant sa robe virginale que déjà verdit par le bas l'herbe encore humide de la matinée. — Deux ménétriers les précèdent; l'un souffle comme un buffle dans sa musette nasillarde, l'autre arrache des jurons à son hautbois. — Qu'importe à l'aimable, à l'heureux couple, tout enivré d'amour, tout entier à la douce causerie des amants naïfs. Lui la questionne avec un tendre intérêt; Elle, émue, souriante et légèrement ironique à la fois, lui répond avec un pudique embarras, avec de chastes réticences, — et derrière eux viennent aussi, par couples et à la file, grands parents et invités, bonnes grosses faces bourgeoises toutes réjouies. — Quelques-uns, levant bérets et chaperons, crient : **Noël!** aux mariés! et la société

tout entière de crier : Noël! — C'est fête au ciel,
fête à la terre, fête dans les cœurs. La campagne
est radieuse, buissons et ramées sont remplis de
gaudrioles; le filet d'eau voisin fredonne son
ariette sautillante, la fauvette s'épuise en fusées
de trilles et en ruissellement de notes limpides. —
Pas un merle ne siffle et le coucou est muet :

> O hymen! O hyménée!
> O hymen! hyménée!

Les premières caresses et *Le jardin de la marraine*,
deux tableaux de M. Firmin Girard, sont exclusivement dédiés aux femmes qui, en fait de littéra-
ture, se bornent à lire le *Journal des Modes*. Celles-ci
ne manqueront pas de s'extasier sur l'expression
et sur le mouvement très-vrai des figures, mais
elles se pâmeront surtout à la vue des étoffes et
des ajustements, coupés avec un art qui leur ou-
vrira les idées et qu'elles mettront à profit à leur
premier jour de commandes chez le couturier ou
la couturière en renom. — Le premier de ces tableaux nous montre l'intérieur d'un jardin. Une
bonne d'enfant, du banc où elle est assise, élève,
souriante, vers une belle dame, un poupon qui
lui-même tend joyeusement à la visiteuse ses
petites mains caressantes. — La seconde scène, une
Visite à la Marraine, se passe encore dans un jardin
par un jour d'automne. — Une mère, en robe de

velours violet, tient par la main sa superbe fillette
vêtue de cachemire blanc bordé de cygne. Elles
sont arrêtées près de la marraine qui, dans sa
robe de velours noir, se penche sur une plate-
bande et cueille un bouquet pour sa charmante
filleule. — Vous ne tenez pas, j'imagine, à me voir
entrer dans le détail minutieux des costumes? Je
me borne donc à vous dire qu'ils sont pleins de
luxe, d'élégance, et je passe de suite à l'auteur du
tableau. — M. Girard peint avec une précision
presque photographique. Il excelle à rendre les
fouillis d'arbres. Quoique très-poussée, sa peinture
est très-large. Le mouvement de ses figures est
d'une vérité parfaite. Bien qu'il soigne l'exécution
des accessoires jusque dans leurs moindres détails,
et qu'il entoure de massifs fleuris ses personnages,
ils n'en restent pas moins le sujet principal, celui
qui tout d'abord accapare l'attention et concentre
l'intérêt.

La *Naïade* de M. Henner, étendue sur le dos dans
une pose très-peu gracieuse, réunit toutes les
qualités du peintre, mais aussi tous ses défauts,
qui, chaque jour, paraissent s'accentuer davantage.
Le ton général du tableau est charmant. Le torse,
d'une couleur fine et d'un modelé délicat, est plein
de jolis détails, mais à quoi bon ces contours ba-
vochés et ces coups de charbons pour rattraper le

dessin compromis ? M. Henner me paraît abuser un peu trop d'un truc qui consiste à introduire la figure dans le fond et le fond dans la figure, puis à revenir dessiner avec un trait noir le contour perdu. A une certaine distance, les bavochures et le trait s'atténuent réciproquement et, à première vue, la figure paraît modelée, mais si l'on regarde plus attentivement, on s'aperçoit que l'herbe a déteint sur la figure, la figure sur l'herbe, et que la Naïade est emprisonnée dans un fil de fer, ce qui doit contrarier fort ses habitudes vagabondes. Le paysage est tout-à-fait insuffisant. Les arbres ne sont en réalité qu'un rideau vert destiné à enlever la figure en lumière.

M. de Beaulieu, l'auteur de la *Madeleine* dont je vous ai parlé dans une précédente lettre (1), expose aussi une femme affublée de cette désignation : *La couleuvre*. Elle est couchée sur un tapis de ce rouge véhément, fait de cinabre et de carmin, que le peintre tient en prédilection et dont il incendie ou ensanglante, si vous l'aimez mieux, toutes ses toiles. — La croupe bizarrement tordue et figurant des ondulations serpentines avec le contour des jambes qui, entrelacées, se terminent en pointe comme une queue, la créature

----

(1) Page 24.

attend toute coiffée les heures louches du soir, et, avec la superstition si commune à ses pareilles, elle interroge les cartes. Dans ce tableau, où là conception d'un goût au moins très-équivoque s'allie à la magistrale médiocrité de l'exécution, il y a pourtant des qualités réelles de couleur. On y remarque aussi des exagérations callipyges qui feraient assurément reconnaître sur une plage les traces de la créature pour peu qu'elle s'y promenât, comme il appert d'un passage cueilli au drame du poëte indien *Kalidasa* : — « Oh! bonheur! (s'écrie un roi parlant de sa fiancée que la nature a libéralement lotie des mêmes proéminences charnues) oh! bonheur! Çakountala doit être dans ce berceau de rotangs... car ainsi me l'annoncent sur le sable pâlissant... ces lignes toutes fraîches d'un pied que je vois imprimées légèrement sous les doigts, *profondément à la place du talon!* »

En quittant le réduit de *La couleuvre*, où courtines et draperies sont carminées et vertes comme la feuille vénéneuse de l'euphorbe, et où le musc, le cold-cream, la poudre de riz et autres ingrédients suspects, fabriquent de complicité une atmosphère lourde et viciée, il est doux de respirer la fraîche odeur des feuillages humides et de reposer ses regards sur de plus pures, de plus chastes nudités : — sur *La Madeleine*, de M. James Bertrand, par exemple, que voilà tout

4

proche. — Pauvre âme déchirée par la douleur, elle a mis en la croix son unique espérance. — *O crux, spes unica!* — Couchée dans une grotte, elle meurtrit son visage contre le symbole de la Rédemption que figurent deux morceaux de bois brut, retenus par un lien d'herbe; elle l'arrose de ses pleurs, elle le couvre de ses tresses blondes, et, mortifiant sa chair aux aspérités du roc, elle épuise en oraisons éperdues sa pensée repentante. C'est là une douce et attendrissante image, qui rappelle la *Virginie* et l'*Ophélie* noyées, deux chastes amoureuses, deux belles infortunées, sorties du même pinceau tendre et délicat.

Suivez-moi encore un peu plus loin, avançons sans bruit à travers les plantes aquatiques, n'effarouchons pas une fille chérie de Victor Hugo : *Sarah la baigneuse*, cette orientale dont notre génération tout entière a été éprise. Voyez, sous le vert abri du feuillage, couchée nonchalamment dans un hamac, effleurant l'eau limpide plaquée de nénuphars, hérissée de joncs et de roseaux, voyez,

> Sarah, belle d'indolence,
>   Se balance
> Dans un hamac, au-dessus
> Du bassin d'une fontaine,
>   Toute pleine
> D'eau puisée à l'Ilisus.

Elle est blonde, elle est jolie, elle est en partie fort bien modelée, mais elle n'a rien d'oriental. Le soleil ne l'a point regardée comme la Sulamite. Le ton général de la figure est un peu froid, un peu terne, et je ne comprends pas trop sous quel prétexte certaines demi-teintes viennent sabrer le torse. A part ces observations que M. Perrault, l'auteur de la peinture, aurait le droit de trouver indiscrètes, j'ai pris grand plaisir à regarder son tableau. Il tiendra un rang d'élite parmi tous ceux qui, depuis cinquante ans, ont reproduit le même sujet.

M. Jules Lefebvre. — *Rêve.* « Et... le rêve se dissipa dans les brouillards du matin. » La gaze des buées matinales couvre le lac encore endormi sous les vertes palettes de ses nénuphars aux fleurs blanches. Une de ces visions radieuses, enchanteresses qui, sous une forme de femme, ne hantent jamais le sommeil des profanes et ne se révèlent en songe qu'aux adeptes, paraît sortir de l'eau, effleurant encore du bout de l'orteil un léger tourbillon de vapeur qui s'en élève aussi, blanc comme une fumée à sa naissance, et plus nébuleux à mesure qu'en montant il se dilate. — Demi-renversée, dans une attitude voluptueuse, sur l'ouate flottante des nuées, qui s'arrondissent, condensées ou diffuses, translucides ou diaphanes,

accusant ainsi des reliefs et des plans divers, cette
ravissante et suave image, cette fille du brouillard ou de l'air, cette ondine ou cette sylphide
aux cheveux blonds, au regard d'azur, aux formes blanches et vaguement rosées comme l'églan-
tine, comme la fleur des pommiers en avril, sen-
tant que la minute est venue où elle va se dissou-
dre, et que déjà elle s'efface, frappée par les
premières clartés de l'aurore, veut du moins
laisser au bien-aimé rêveur, qui la contemple
éperdu, un consolant et doux souvenir. Aussi, de
tout ce que son œil bleu qui se décolore, de tout
ce que ses lèvres qui pâlissent peuvent conserver
encore d'expression, elle lui envoie, dans un dernier sourire et dans un regard d'adieu, tout ce
qu'une âme aimante peut épancher de tendresse
et d'ineffable sollicitude. — La tentative de M. Lefebvre, comme toutes les tentatives téméraires,
devait émouvoir la critique. Elle est sévèrement
jugée par quelques-uns, mais elle compte en bien
plus grand nombre des partisans dévoués. Je
n'ai pas besoin de vous dire que je me range
passionnément au nombre de ces derniers. Comme le poëte :

> Que ce soit Urgèle ou Morgane,
> J'aime, en un rêve sans effroi,
> Qu'une fée au corps diaphane...,
> Vienne pencher son front sur moi....

La réalité n'est pas toujours si intéressante qu'on ne puisse savoir gré à M. Lefebvre de ses excursions au pays de l'idéal et du fantastique. C'est surtout le galbe et l'attitude de la figure qui sont en butte aux différentes attaques. Comme si, dans une œuvre de ce genre, l'exécution matérielle (dessin, travail du pinceau), ne devait pas être seule du ressort de la critique ; quant à la figure, au point de vue de la beauté, de la forme et de l'attitude, il serait miraculeux qu'elle plût à tout le monde. *Tot capita, tot sensus*, en cette matière.— L'essentiel est qu'elle soit telle que la veut l'imagination du rêveur qui l'enfante. — La fortune favorise les audacieux : c'est pourquoi la tentative de M. Lefebvre, réussie dans les limites du possible, lui est un nouveau succès.

La *Chloë*, du même peintre, n'est, à vrai dire, qu'une étude ; je la prends du moins pour telle et je lui reconnais de sérieuses qualités ; mais on y sent trop le modèle qui pose. C'est là une Chloë des Batignolles qui n'a rien de commun avec les jolis vers d'André Chénier cités au livret pour expliquer le tableau.

L'enlèvement de Ganymède est une excellente peinture décorative de M. Ferrier. L'éphèbe, porté sur les pattes de l'aigle et soutenu par les amours monte vers l'Olympe dans une attitude pleine de

4*

gracieux abandon. Une mère qui tiendrait son nourrisson sur ses avant-bras en redressant les poignets et en refermant les mains, serait à coup sûr bien imprudente, mais elle n'y mettrait pas plus de délicate sollicitude. C'est ainsi que le ravisseur, repliant ses griffes, traverse l'empyrée avec son précieux fardeau. — Le haut du corps relevé par une des pattes de l'aigle, l'élu de Jupiter, que semble bercer quelque douce rêverie, appuie sa tête couronnée de fleurs contre le flanc de l'oiseau et laisse pendre sa jambe droite dans le vide. — L'ensemble de cette figure d'éphèbe est dessiné avec une parfaite élégance. La tête un peu mièvre est celle d'une très-jeune fille. Le ton général du tableau ne me déplaît pas, bien que je l'eusse aimé un peu moins gris. L'aigle est trop gros, trop gras, trop bien nourri. C'est du reste un aigle de cour, et il est « dans le secret des dieux », il est officiel, il est grave et gourmé, il a du savoir-vivre, il est tout plein de la mission qu'il remplit : et je ne m'étonnerais pas outre mesure si je lui voyais des gants, une cravate blanche et une clef dans le dos. — Somme toute, cette œuvre de M. Ferrier compte à l'Exposition parmi les meilleures. L'école classique s'y révèle dans sa plus pure essence.

VII

Paris, 10 Juin.

Le talent de M. Bonnat, que le fameux Christ
exposé l'an dernier nous montrait sur le point de
tourner à la brutalité, s'est notablement assoupli
pour peindre Madame Pasca, l'actrice très-distin-
guée que la Russie vient de nous rendre. —
Habillée d'une robe de velours blanc garnie de
fourrures, Madame Pasca se tient debout. Son
attitude est majestueuse en restant des plus na-
turelles. Sa tête est noble, fière, intelligente. Son
bras droit, en vue presque tout entier dans une
manche qui pend large, ouverte jusqu'à l'épaule,
est d'un modelé, d'un relief étonnants.—Je le tiens
pour un morceau de peinture vraiment supérieur.
Un seul détail de ce chef-d'œuvre me semble
regrettable. C'est l'éternel nuage d'un rouge noir
sur lequel M Bonnat détache ses figures. Je
n'ignore pas qu'il fait valoir ainsi la lumière dont
il les inonde; mais M. Bonnat n'a pas besoin
d'avoir recours à de pareils moyens, d'autant
moins que la chaise élégante, si parfaitement
peinte et si vraie, au dossier de laquelle s'appuie

la main gauche du modèle, rend ce fond de fantaisie presque ridicule.

Le portrait de Madame de M***, peint par M. Blanchard, peut prendre rang aussitôt après celui de Madame Pasca. — Tête des plus vivantes. Physionomie pleine de charme. Rose rouge dans les cheveux. Robe de satin blanc garnie de fourrures noires. — Madame de M*** tient un éventail japonais d'une main parfaite entre toutes celles qui pourraient faire valoir leurs titres à jouer de l'éventail.

Dans l'excellent portrait de Madame Sarah Bernhardt, M. Parrot, comme mérite, se tient tout proche de M. Blanchard. — L'éminente artiste, la très-séduisante pensionnaire du Théâtre-Français, qu'ont peut-être effarouchée de niaises plaisanteries, montre d'elle le moins qu'elle peut. Ses cheveux bruns rampent, frétillants et tourmentés, jusqu'aux sourcils, et son menton s'emboîte dans une collerette de dentelle qui borde, comme un fin jabot, jusqu'à la taille, l'ouverture de son corsage. Elle laisse tomber, sur le velours noir de sa robe, des mains qui se joignent seulement par l'extrémité des doigts. Sa tête, très-fine, très-expressive, son attitude pleine de simplicité, sa robe, au jupon étroit, tout cela est supérieurement rendu. La note rose du mouchoir qui sort d'une poche ouverte sur le sein, s'harmonise parfaitement avec le fond d'un bleu vert.

Devant cette peinture de M. Parrot, j'ai long-temps et souvent médité avec la persistance du mathématicien *piochant* une équation algébrique dont il essaie en vain de dégager l'inconnue : car l'original du portrait que je viens d'esquisser représente pour moi je ne sais quel problème bizarre, mystérieux : celui d'un sphinx impénétrable. Je ne puis le voir sans qu'aussitôt toutes les supers-titions valaques : vampires, stryges, brucolaques, redivives, se présentent à ma pensée. Je trouve à ce pâle et charmant visage aux lèvres rouges, une attraction inquiétante, une puissance de séduction irrésistible et fatale. Il me semble que ce sont de pareilles enchanteresses qui coupaient la chevelure aux héros bibliques, qui appelaient l'excommuni-cation sur les souverains et les poussaient aux entreprises funestes comme dans les tableaux de MM. Humbert, Paul Laurens et Luminais. Les vampires et les succubes, assure-t-on, possèdent seuls, à un pareil degré, le charme fascinateur. Il n'est pas jusqu'à ce coin de mouchoir rouge qui ne me fasse songer à la petite tache de sang que les stryges portent toujours en quelque endroit du visage ou du corps. Ces jours derniers, je l'ai rencontrée ici même, devant son image. Elle en indiquait un détail du bout de son ombrelle à son compagnon de promenade Sa présence m'a causé un genre d'émotion que je n'ai jamais ressenti en la voyant sur la scène, où elle m'a pourtant fait connaître des émotions de plus d'un genre. Quand elle s'est éloignée, légère dans sa robe étroite à plis verticaux — (la seule chose d'elle qui parût toucher au parquet balayé par l'étoffe avec un petit bruissement de feuilles mortes), — je me suis aperçu que machinalement je venais de m'avancer d'un pas pour la suivre, et j'ai compris que c'était bien en elle, et tout à fait en dehors de son prestige théâtral, que résidait le magnétisme. En effet bien des fois je l'ai applaudie, et tout récemment encore dans ses derniers rôles. Elle semblait avoir déserté un vitrail gothique ou la naïve enluminure d'un missel du moyen-âge. Les vierges du Cimabué ne sont pas plus immatérielles. Par moments, elle s'effaçait à tel point qu'on l'oubliait presque, son débit tombait monotone et sans couleur. Elle parlait comme dans un rêve et glissait sur les planches comme une somnambule. Puis, tout-à-coup, se réveillant superbe, l'œil en feu, la voix et le geste pleins d'éclats, d'énergie et de puissance, elle s'abandonnait éperdue à ces soudaines inspirations qui font éclater en bravos une salle entière. Eh bien ! alors que l'assemblée frémisssante saluait ses impétueux élans, je n'ai rien ressenti de sem-

blable à ce que m'a fait éprouver son rapide passage auprès de moi ici dans cette salle. Est-ce une
vibration du cœur ou des sens, je ne saurais le
dire, c'est une impression, voilà tout. — Je ne sais
jusqu'à quelle limite la personne dont je parle
serait flattée ou offensée de pareils aveux. Les
femmes sont si bizarres! Mais peut-être vais-je
chercher bien loin des causes excentriques à une
puissance de séduction toute naturelle. Son visage
pâle unit, à une physionomie des plus intelli-
gentes, le charme morbide, élégiaque, si pénétrant,
que dégagent parfois les natures nerveuses. Beaucoup d'attendrissement se mêle toujours à la
sollicitude passionnée dont on environne ce cas
pathologique. C'est dans cette nature qu'il faut
chercher aussi les défaillances et les soubresauts
de son talent. Elle a toutes les qualités qui cons-
tituent une actrice dramatique : l'intelligence, la
passion et l'inspiration, c'est-à-dire l'esprit, le
cœur et la poésie ; mais il lui manque la force de
les tenir toujours en relief, et sa volonté s'épuise
dans une lutte où elle surmène sa nature délicate.
C'est encore, et enfin là, qu'on trouverait la clef
des étonnantes singularités qu'on lui prête.... si
on y ajoutait foi!

Mademoiselle H***, peinte par M. Cot, est fort
jolie. Le pinceau a caressé avec un soin des plus

délicats ses cheveux blonds ; mais elle tient d'une main très-bien dessinée un chapeau qui, malheureusement faux de valeur, fait un trou dans sa robe.

Le portrait de *Madame H****, par M. Henner, recèle aussi de grandes qualités. — Le portrait que M. Carolus Duran expose sous le n° 740, est très-beau, en dépit d'une bouche ouverte qui, se dessinant en V, agace singulièrement le regard.

M. Vidal, auquel ses délicieux profils de femmes, ont fait une célébrité déjà ancienne, a mis cette fois son habile pinceau au service de l'amiral Jaurès. La tête énergique qu'il nous donne de l'amiral est, par un singulier caprice du hasard, placée sur une cymaise entre les deux toiles de M. Worms : *La nouvelle à sensation* et *Le premier pas*. J'imagine qu'une farandole de souvenirs péruviens, radieuse, fleurie, bigarrée, pleine d'œillades brillantes et de folles pirouettes de satin blanc, s'est mise en branle au son des guitares et des castagnettes à travers la mémoire de l'honorable et sérieux amiral dès qu'il a vu son image ainsi cernée par deux sujets espagnols : car il était, ce me semble, au Pérou, il y a quelque vingt années ; il était jeune, aimable, élégant, et... je sais un pèlerin de ce temps qui pourrait bien être son historiographe.

M. Monvel nous présente un *Portrait de Monsieur M.-S.* : lisez Mounet-Sully. Je me permets de traduire ces initiales uniquement pour rendre justice au talent de M. Monvel, qui a fait de l'acteur une image très-ressemblante. M. Mounet-Sully paraît, en peinture, moins âgé qu'aux feux de la rampe. Il a le teint ambré des méridionaux, ses cheveux noirs qu'il dispose avec un peu d'afféterie sont bien plantés sur le front. Il porte un vêtement complet en drap couleur marron. Sa cravate est, avec un certain abandon, nouée très-bas autour d'un col cassé, largement ouvert. A l'heure où j'écris, l'ensemble de cette figure traverse ma pensée, associant le *majo* andalou au *gandin* de Paris. — Peut-être ne trouverez-vous pas tout-à-fait hors de propos de rencontrer ici une esquisse que j'ai tracée du comédien vers ses débuts dans le *Cid* à la Comédie française. Elle s'accorde sur plus d'un point avec le portrait que j'ai eu sous les yeux.

« — M. Mounet-Sully est un acteur heureusement doué au physique. Il est jeune, grand, de belle prestance ; il porte bien ses costumes et produit d'emblée une bonne impression. Sa physionomie est de celles qu'on pourrait qualifier de *rayonnantes*. Le sourire brille émaillé entre ses lèvres, et son œil qui s'allume et qui sous l'arcade vaste et profonde des sourcils lance des éclats farouches, fait songer à une strophe du *Romancero*, où

il est dit qu'on ne pouvait prononcer le mot de
bataille devant le Cid devenu vieux, sans que ses
yeux brillassent « comme deux tisons. » M. Mounet-Sully a le masque mobile. L'acteur Bocage,
de romantique mémoire, avait aussi cette qualité,
mais il en usait avec infiniment de sobriété et
d'intelligence : à bon entendeur salut. Quoiqu'il
en soit, M. Mounet-Sully sait rendre par un tres-
saillement, par une contraction des muscles de
son visage, ses impressions durant les longues
répliques de la tragédie, et c'est sans grimace dé-
sagréable que se reflètent les tumultes de son
âme. Son geste, d'ordinaire assez sobre, prend de
l'ampleur dans les situations véhémentes et pa-
thétiques. Sa voix, claire, sonore, pénètre aisément
jusques aux profondeurs de la salle, ce qui au
théâtre n'est pas un médiocre avantage. Il dit
avec un véritable charme les stances qui terminent le premier acte du *Cid*, et il sait, aux actes
suivants, présenter dans leur véritable relief certaines parties dramatiques de ce rôle périlleux.
Le drame moderne nous montrera bientôt si
M. Mounet-Sully est un artiste de race. Les différentes faces de son talent y seront, je crois,
mises en lumière d'une façon infiniment plus
énergique et saisissante. »

Il m'est pénible, cher ami, de vous avouer en
terminant que M. Mounet-Sully n'a pas encore

tenu ce qu'il promettait. Je l'ai trouvé faible dans le rôle de *Didier (Marion Delorme)*, et le mois dernier, durant une représentation de *la Fille de Roland*, il m'a paru préoccupé, outre mesure, de ses effets de physionomie et pas assez de son débit, qui maintes fois a sonné faux. Heureusement, M. Mounet-Sully est encore à l'âge où l'on écoute les conseils de la critique, et celle-ci, à l'occasion, ne s'est pas fait faute de lui porter, peut-être même en l'exagérant, l'expression du sentiment public.

Parmi les marines, je vous citerai : — *Une nuit d'août à Winga*, par M. Walberg. Lointains admirables vers la ligne d'horizon. Navires et barques bien dessinés. Mer écaillée à l'infini sous le clair de lune, grande vérité, travail très-patient. Le fond du ciel est d'un bleu d'outre-mer vaguement nuancé de rose comme un acier passé au feu. Un phare montre sur la gauche sa lueur jaune. — *L'île Riou (côte de Marseille)*, par M. Ponson. — De hautes falaises jettent sur l'eau des ombres transparentes où l'œil plonge joyeusement. Une barque où des pêcheurs rentrent leurs filets, anime la scène. — *Lever de soleil sur les côtes de Hollande*, par M. Mesdag. — Temps gris du Nord, galiotes hollandaises. Beaucoup de vérité. — *Une vague*, par M. Jules Masure. — *Falaise près de Gênes*, par M. Olive. — Dans ces deux derniers tableaux, la mer est admirablement peinte, les rochers sont d'un ton excellent. — *L'embarquement de Manon Lescaut*, par M. Ch. Delort. — Vaisseau de l'époque, peint en blanc, avec son château d'arrière orné de sculptures dorées. Barques conduisant à bord les femmes condamnées à la déportation, d'un mouvement et d'une couleur irréprochables. C'est là une œuvre des plus distinguées.

Ayant omis de ranger parmi les tableaux de genre *Le Bivouac de Chameliers*, superbe composition de M. Guillaumet, je lui donne la première place dans la série des paysages; et maintenant, faute de temps et d'espace, je vais me borner à vous citer des œuvres qui toutes sont très-remarquables. — *Une halte à la porte de Téhéran*, par M. Jules Laurens. — *L'étang de Ferrette*, Haute-Alsace, par M. Zuber. — *Les bords de l'Ebre*, par M. César de Cock. — *Mélancolie*, par M. Daliphard. — *Le printemps dans les bois*, par M. Defaux. — *Le ravin du puits noir* et le *Ruisseau du puits noir*, par M. Français. — Je nomme M. Français le dernier, pour vous montrer que je n'ai entendu assigner aucun rang aux artistes de ce dernier groupe. — Vous remarquerez sans doute, cher ami, que bien des exposants célèbres ne sont pas mentionnés dans les feuilles qui précèdent. La raison en est simple. Ayant, à différentes reprises, apprécié leurs œuvres en 1869, 71, 72 et 73, j'ai voulu ajouter quelques nouveaux noms à ceux qui, déjà, vous sont connus, et, vous le voyez, ce modeste compte-rendu est malgré tout fort long : aussi lui ai-je fixé pour limite une page où il me reste à peine assez de place pour vous prier d'excuser mes omissions, mes erreurs, mes fautes, et pour vous renouveler l'expression de mon plus fidèle attachement.

TABLE

R			Z	
Richter,		60	Zuber,	80
Riesener,		50		
Roll,		51	**W**	
V			Walberg,	79
Vidal,		76	Worms (Jules),	56

www.ingramcontent.com/pod-product-compliance
Lightning Source LLC
Chambersburg PA
CBHW060452260626
47161CB00005B/2069